AF155483

F. LEMBERGER

EINTRITT IN DIE ANDERSWELT

Ein Fantasyroman

novum ◆ pro

Dieses Buch ist auch als
e-book
erhältlich.

Bibliografische Information
der Deutschen Nationalbibliothek:

Die Deutsche Nationalbibliothek
verzeichnet diese Publikation in
der Deutschen Nationalbibliografie.
Detaillierte bibliografische Daten
sind im Internet über
http://www.d-nb.de abrufbar.

Gedruckt in der Europäischen Union
auf umweltfreundlichem, chlor- und
säurefrei gebleichtem Papier.

© 2025 novum publishing gmbh
Rathausgasse 73, A-7311 Neckenmarkt
office@novumverlag.com

ISBN 978-3-7116-0510-8
Lektorat: Leon Haußmann
Umschlagabbildung: F. Lemberger
Umschlaggestaltung, Layout & Satz:
novum Verlag
Autorenfoto: F. Lemberger

www.novumverlag.com

Druckprodukt mit finanziellem
Klimabeitrag
ClimatePartner.com/16547-2311-1001

INHALTSVERZEICHNIS

Das Haus, in dem ich lebe, ist nicht groß, eher hoch und vor allem alt ...

Wie oft habe ich des Nachts Stimmen vernommen, Bewegungen gespürt, die wie ein Hauch kalter Luft an mir vorbeizogen.
Der Erbauer des Hauses, selbst Schreiner, konnte dieses Haus nicht fertigstellen. Der Krieg stellte sich dazwischen. Daher war die spätere Witwe dazu gezwungen, „Hausleute" aufzunehmen, um die Abzahlungen leisten zu können.

Viel hat sich damals ereignet. Zur Kriegszeit und in der Nachkriegszeit. Von der fünfköpfigen Familie im Dachgeschoss ohne Bad und WC bis zum böhmischen Wilderer, der sich im Keller einfand und dort seine Bleibe hatte. Der in der zinkenen Badewanne sein Nachtlager hatte, wo er zuvor das Wild zerlegte, das er im Wald erbeutet hatte. Der die Miete für das Kellerlager in Naturalien zahlte und den Kindern des Hauses die Geschichten vom alten Böhmerwald im Schein der Kerze, die er in der Mitte des Kellerraumes aufstellte, erzählte.

Und wie alles hinterlässt das Vergangene seine Spuren. Nicht nur an den Wänden, den Mauern und den Böden, die sich abnutzen durch das Warten, das Hoffen und das Leben mit und in Ihnen.

Die Zeit schlägt Kerben in den Ablauf der Welt. Nichts ist vergessen, nichts ungewesen.

Vieles keimt auf für diejenigen, die es fühlen, spüren können ...

Alles sammelt sich in einem Objekt, das bereit ist, es aufzunehmen und sich als Zeitgenosse fühlt. Das, so wie es scheint, viel mehr beherbergt in sich. An einem ruhigen Ort, wo es still für sich aufnimmt, was für andere längst vergangen ist.

Seit Langem quält mich der Gedanke an ein Ding, das sich wohl auf meinem Dachboden befände.

Eines Nachts lässt mich der Gedanke an das Ding nicht mehr los und voller Tatendrang öffne ich die Luke zum Dachboden, nehme die Leiter herunter und betrete diesen.

So sehe ich ein Bild, menschengroß, mit großem, sehr alten Nussbaumrahmen, das, teils in weißen Leinen gehüllt, in der Ecke rechts des Eingangs zum Dachboden gar auffällig und provozierend an einem Stützbalken lehnt.

Ich gehe hin und entledige das mir anmutende riesige Gemälde seines Gewandes.

Es zeigt eine tiefe Landschaft mit hauptsächlich roter Farbe, in der sich eine Tiefe befindet, die zugleich eine horizontale Weite in sich birgt. Beim Blick auf die einzelnen Elemente des Bildes meint man, es würde sich etwas bewegen. Ja, das Bild selbst würde in seinem Inneren Bewegungen assoziieren, so als würde eine längst vergangene, vielleicht in ihm verborgene Geschichte ablaufen.

Das Bild zieht mich immer mehr in seinen Bann. Gar sitze und vertiefe ich mich in das Bild, dass mir meine reale und so vertraute Welt vor den Augen verschwindet.

Es ruft mich. Es will mir nach seiner langen ewigen Ruhe zeigen, was in ihm steckt. Reine Gier strahlt es aus, ein Opfer gefunden zu haben, nach der langen Rast ihr Leben wieder zu erlangen, und das Spiel der Spule der Zeit nun endlich zurückzudrehen und die Anderswelt zum Leben zu erwecken.

Nach langem Sinnieren wage ich mit aller Furcht und Neugierde den Eingang zu dieser Welt. Links unten im Bild zeigt sich mir der Eintritt in das Bild, der sich einladend mit gelblicher Farbe wie Kornähren gibt und einen vertrauenswerten Eindruck vermittelt.

Trotz aller Furcht wage ich den Eintritt in das Bild. Ich kann wie durch einen Vorhang in diesen Abschnitt des Bildes eintreten, ohne ihn beiseitezuschieben. Die Farben und die Leinwand des Bildes geben einen Eingang frei, der durch nichts zu beschreiben ist. Er tut sich einfach auf, als wäre es nicht mehr eindimensional, sondern ein Raum, den man betreten kann.

Schnell spüre ich, wie ich den mir so groß vorkommenden Dachboden verlasse, ohne große Mühen den kleinen Fleck im Bild betrete und von einer wunderbaren, mir mittelalterlich, vorzeitlich, vorkommenden Umgebung mich wieder finde.

Gar spüre ich den Wind, der durch die Ähren fährt, und die Vögel sausen umher, die Körner des Getreides zu naschen. Ich spüre die Sonne, die wärmend und voller Inbrunst auf die Erde scheint, ein Gefühl von Glück, von freier Natur von der alten Welt umgibt mich.

Stehend vor diesem ausgereiften Kornfeld, umgeben von Schmetterlingen, die sich voll Freude am Leben auf jedem erdenklichen Ding niederlassen, befinde ich mich in behaglicher Sommertagswärme neben einem Feldweg, der gekrümmt vor mir liegt.

Ich sehe mich an und frage mich, ob ich mit meiner Jeans und dem T-Shirt wohl recht hierher passe? Doch was bleibt mir über?

Die Neugier und der Sinn, diese wohl eher fremdartige Welt zu erforschen, bringt mich dazu, den Weg einzuschlagen, den Feldweg zu gehen.

Die Furcht des vor mir Liegendem und die doch so unbeschreiblich anmutende Welt erweckt in mir ein Gefühl eines Pioniers, der endlich seine Passion gefunden hat, seine Erfahrung zu machen, die er schon immer in sich hatte. Den Zeitpunkt, den Ort, der genau das Innere trifft, das er schon so lange mit sich schleppt, ja gar eine Offenbarung des in sich Gespeichertem erleben zu dürfen.

Kein Schritt, kein Stein, den ich betrete, ist mir unbekannt aus meiner Welt, aus der ich entstamme. Die Natur, die Bäume, die Schmetterlinge, ja die Fliegen sind in so einem Maß vorhanden, wie man es sich allerdings in unserer Zeit nicht vorstellen könnte.

Der Feldweg mit wachsendem, fast ausgereiften Korn sprießt nicht nur aus sich empor, sondern ist umwegt von summenden, brummenden Getier, an dem man sehen kann, dass es sich das Leben zur Lust macht, und es versteht, es in vollen Zügen zu genießen.

Voll Tatendrang, und gutem Willen, endlich zu erforschen, was so in mir drängt, gehe ich den Weg, der sich vor mich auflegt.
   Anfangs gibt er sich als leichter Feldweg, der mir entgegenkommt. Nach einiger Zeit erweist er sich als immer steiniger und felsiger.

Am späten Nachmittag, bei sengender Sonne, wird der Weg wieder leicht, ja gar anmutend gegenüber den felsigen Klüften, die ich überwinden musste. Vor mir liegen wieder Kornfelder und freies Gelände, das voll Sonne erstrahlt und wunderbar glänzt.

Da ich den ganzen Tag weder getrunken noch gegessen habe, wird mir bei dieser Hitze langsam schwindlig vor den Augen.

Hey, denke ich mir? Was ist da vor mir?

Gestalten, groß wie Riesen, flammend, durchsichtig, dämonisch. Mit riesigem Schwert und Schild bewaffnet bewegen sich muskular dahin.

Von Weitem sehe ich diese Gestalten. Es sind zwei ...

Eine mit weißem und eine mit schwarzem Antlitz. Neben ihnen Menschen, die wie Zwerge wirken und Pferde, die auch neben diesen „Gestalten" wie Ponys wirken.

Schwebend und von sich überzeugt, in großer Manier, kommen mir diese Gestalten entgegen.

Ein Entkommen kommt nicht in Frage. Sie bewegen sich so schnell, dass sie in kurzer Zeit vor mir stehen und mich arrogant und von oben herab anschauen.

Kein Wort bringen sie hervor. Ich kann fühlen, was sie mir sagen wollen.

„Was willst du hier --- du gehörst hier nicht hin."

Nach dieser Begegnung streichen sie an mir vorbei, ja durch mich hindurch. Das Herz pocht mir bis zum Hals.

Was waren das für geistige Gestalten.? Ich konnte die Axt der weißen Gestalt an meinem Hals spüren. Sie strich an meiner Gurgel vorbei, wobei mir sein Körper einen kurzen Atemstillstand erbrachte.

Das sind Geister ... richtige Geister, wenn nicht noch schlimmer.

Beherzt setze ich meine Reise fort. Fest die Hand am Messer an meinem Gürtel, von dem ich mir erhoffe, dass ich mich doch noch zu verteidigen weiß.

KLAUSE IM WALD

Die Kornfelder zurücklassend, komme ich an einen Waldrand. Als ich mich umdrehe, sehe ich die weite Landschaft mit ihren Hügeln. Das gereifte goldige Korn, die Wege, wie sie sich durch die Felder schlängeln, über den Hügeln enden, um nach hundert Metern versetzt am nächsten Hügel wieder sichtbar zu werden. Der Wind streicht durch die Ähren und wiegt das Korn wie die Wellen das Meer. Nur einzelne Schatten der Wolken ziehen über das gleißende, wiegende Gold der Felder.

Gefesselt von diesem wunderbaren Anblick, verweile ich einige Zeit, bis ich mich dem Wald zuwende.

Am Waldrand mache ich mir eine kleine Unterkunft zurecht, die ich aus Fichtenstämmchen und herumliegendem Gehölz übereinanderstelle. Bedeckt mit Nadelzweigen bietet diese kleine Behausung guten Schutz.

Eine kleine Öffnung an der Oberseite der bescheidenen Hütte erlaubt mir, darin ein Feuer zu machen. Mit Schlingfallen und einem Speer erlege ich Kleintier, das sich in meiner näheren Umgebung aufhält.

Neugierig auf diese Welt, die mich umgibt, erspähe ich die Umgebung. Ein tiefer, nicht endend wollender Wald mit Schluchten und Hängen. Undurchdringliche Sumpfgebiete. Frische Quellen, die zuerst kleine, dann immer größer werdende Waldbäche bilden. Stundenlang erkunde ich diese wunderbare Umgebung. Unberührte Natur in ihrer ganzen urtümlichen Schönheit. Wälder, in denen man spüren, kann wie hinter jedem Stein, jeder Baumleiche, die sich erfreut, ihr faulendes Gehölz als Nahrung für die nächsten Generationen an Farnen, Bäumchen und Moos zu spenden, sich Elfen, von Mooswedel zu Mooswedel springen, die Wassertropfen aufzusammeln, die sich in den Mooshärchen bilden, aufzunehmen, und eins zu sein mit der Millionen Jahren alten Natur, die sich hier zeitlos und wunderbar von jedem Tag zu jeder Nacht ihres Lebens erfreuen.

Nach dem Marsch durch die Wälder gönne ich mir ein kühles Bad im Waldbach, als kurz vor mir ein Rehbock aufspringt, den ich in seiner Mittagsruhe gestört habe. Verschlafen und verdutzt schaut mich der Bock an, bevor er mit hastigen Sprüngen das Weite sucht.

Scharen von Vögeln, die in den Baumkronen nisten, heben sich in die Lüfte. Lautes Rauschen und Piepsen hebt über mir an. Begeistert von diesem Naturschauspiel führe ich meine Wanderung fort.

Von Weitem sehe ich Rauch aufsteigen, der wohl aus Hütten, Häusern stammen könnte.

Nach einiger Zeit gelange ich in ein Dorf.

EHIN, EHINO

Lehmhütten, Tiergeschrei und mit Filzhüten und Leinengewand bekleidete Menschen kommen mir entgegen. Wortlos watend im Dreck und dem Geschiss der Tiere, betrete ich den Marktplatz des Dorfes.

Zermarterte Gesichter, die außer dem Elend des Alltags und das Abbracken jeden Tages nichts anderes kennen außer Mühe und Armut.

Kein Gruß, kein Lächeln, kein „wo kommst du her" kommt mir entgegen, wobei ich doch selbst nicht weiß, wo ich mich befinde.

Neben der mit grob ausgelegten pflastersteinernen Straße sitzt ein Junge der mich, seit ich das Dorf betreten habe, anstiert. Was ist mit dir, frage ich ihn.

„Willst du sehen, was aus uns Munis macht?", fragt er mich. „Munis? Was ist das?"

„Wir. Wir sind das."

Auf den Knien sitzend frage ich den Jungen: „Erzähle mir. Was sind Munis?"

„Erst wenn du mich losmachst", antwortet mir der Junge und zeigt mir seine von Fesseln wund gescheuerten Handgelenke.

Mit meinem Messer schneide ich ihm die Fesseln ab.

Bis ich mich versehe, entreißt der Junge mir das Messer und fügt mir damit eine tiefe Schnittwunde am rechten Oberarm zu.

„Du Saukrippe", schimpfe ich ihn, der gerade zu flüchten beginnt, aber durch sein tagelanges Sitzen nicht aus seiner Hockstellung aufspringen kann und auf allen vieren dahin kriecht.

Gerade kann ich ihn noch am Genick packen und zu Boden reißen.

„Tu mir nix", winselt der Hundsbankert, „Ich sag dir auch alles."

„Das wirst du, so Gott dir helfe!"

„Gott? Wer ist Gott?"

„Das werde ich dir schon beibringen", sage ich in meiner Wut und dem Schmerz der Wunde des rechten Armes, die immer weiter auseinanderklafft.
    „Jetzt schnell die Blutung stillen", bricht es aus dem Jungen heraus, der seine Tat jetzt schon bereut.

„Kann ich dir trauen?", frage ich den Jungen, der mir das zugefügt hat.

„Ich kenne einen im Dorf, der dir helfen kann. Ich will dich zu ihm bringen."

Was bleibt mir über? Außerdem könnte ich von so einem Heilgelehrten vielleicht mehr erfahren, wo mich mein Übermut hingeführt hat.

Durch Abriss eines Ärmels meines T-Shirts kann ich die Blutung des Armes etwas stillen, doch immer wieder tritt Blut aus, und der Arm wird immer mehr taub. Der Junge, der sich nun wieder etwas auf den Beinen halten kann, weist mir den Weg.

Angelangt an einer Hütte, die mit Schilf bedeckt ist, mit eingezäuntem Garten, aus dessen Schornstein süßlicher Rauch aufsteigt, treten wir ein.

Einen auf der Ofenbank kauernden Mann unbeschreiblichen Alters mit grauem Bart und stechenden rot unterlaufenden Augen treffen wir hier an.

Der Junge nennt ihn Ehin. „Ehin, hilf! Du musst eine Wunde heilen."

Nach einer kleinen Ewigkeit erhebt sich der betagte Mann von seinem Gelege und tritt mit einem vor sich herschwebenden unangenehmen Geruch vor mich hin.

„Schau ma mal", sagt er. Legt den Behelfsverband ab und beäugt die mittlerweile aufgeschwollene und verkrustete Wunde.

„Da hilft nur Alkohol mit Kräutern." Aus seinem Regal holt er eine Tonflasche mit scharf riechendem Gebräu und gießt es mir reichlich über den Arm, um die Wunde auszuwaschen.

Ich halte still und lasse den alten Mann in gutem Gewissen gewähren.

Feuer!! Das brennt. „Drei Tage", sagt der Alte, „Dann wird's wieder." Mit einem in Kräutern getränktem Leinenverband entlässt mich der Alte und verschwindet wieder hinter seiner Ofenbank.

Als ich die Hütte des Heilers verlasse, benommen von der rauen Behandlung, brauche ich noch einige Zeit, wieder zu mir zu finden. Geh jetzt, gibt mir der Alte von seinem Schlafplatz aus zu verstehen.

Alleine, entlassen an der Hütte, denke ich bei mir, wo finde ich zurück zu meiner Unterkunft im Wald? Der Junge ist inzwischen verschwunden.

Plötzlich sehe ich Schatten, Lichter, die sich unheimlich an den umstehenden Bäumen der Hütte des Alten abbilden.

Nahe an der Hütte des Heilers, an der ich stehe, geht ein eiskalter Hauch vorbei und ich spüre, wie es eisig um meine Füße umgeht.

Ich gehe weg von dem Eingang der Hütte in den danebenstehenden Holzschuppen und sehe, wie der sich mit kaltem Nebel vermischende Rauch in die Hütte eintritt.

Wer sind die, denke ich mir. Seltsame Wesen ... Bestimmt keine Menschen. Oder waren es mal welche? Wenn, dann keine guten.

Vielleicht eine derjenigen, die nichts anderes kennen, als Untertanen zu haben, um sich selbst über alles zu stellen, was sich ihnen unterwirft.

Eine Spezies, die nur zu befehlen weiß, ihre Schwächlichkeit durch ihren Hochmut selber nichts erkennen will.

Armutswesen, die durch ihre beherrschende Art andere, ehrliche, sich durch das Leben raufende Leute benutzen, ja ausbeuten, als einzige Art zu ersehen, sich durch die Zeit zu bringen.

Einst, als Herrscher die Völker unter sich hatten, sich jetzt in dieser Welt als Lichtgestalten umhergehend, müssen sie ihre Boshaftigkeit weiterleben. Längst aus der realen Welt entschwunden, können sie nicht loslassen, Herrscher zu sein.

So hat es sie nach Jahrhunderten als leblose Geister in diese Welt verschlagen.

Die Zeit hat sie nicht losgelassen. Als fixe Punkte in der längst vergangenen Zeit sind sie gefangen durch ihre Untaten, und ich bin gerade in diese Zeiteskate gekommen ...

Ihre Bosheit hat sich erhalten, ja multipliziert. Besonders jetzt wollen sie erfüllen, was sie schon immer vorgehabt haben.

Die absolute Herrschaft über das Volk, spukt es mir durch den Kopf. Es muss etwas mit den Wesen zu tun haben, die mir beim Eintritt in diese Welt entgegengekommen sind.

Betört von dem Erlebten und mit stechendem Schmerz in meinem Arm trete ich den Weg zu meiner Behausung an.

Angelangt an meiner Hütte, treffe ich den Jungen mit hängendem, struppigen Kopf an.

„Das Messer gibst mir aber jetzt wieder, Bub! Bevor du noch Schlimmeres damit anfängst. Und wo gehörst du überhaupt hin?"

„Wir sind Munis, antwortet der Junge wieder. Munis …"

Mit einem Mal ist der Junge wieder verschwunden und so sehr ich ihn auch suche, ich kann ihn nicht wieder finden.
Wie es scheint, kennt er sich in dem Wald sehr gut aus und kann innerhalb kurzer Zeit einen Unterschlupf finden, den ich nicht kenne, oder der mir durch meine Nicht-Dazugehörigkeit in dieser Welt verwehrt wird.

Verstört und nachdenklich über das Erlebte verbringe ich die Nacht in meiner bescheidenen Unterkunft.

Die Wunde am rechten Arm schließt sich erstaunlicherweise nach einigen Tagen und der befürchtete Wundbrand bleibt Gott sei Dank aus.

Nachts kommt des Öfteren ein Eber neben meiner Hütte an und wütet wild nach Morcheln.

Den Speer, den ich nicht von meiner Seite lasse, spalte ich am Schaft auseinander und befestige einen scharf zugehauenen Flussstein mit Hilfe von Weidenzweigen und gewonnenem Pech aus Birkenrinde, das ich nach tagelangem Erhalten der Glut meines Feuers aus der Birkenrinde gewinnen konnte.

Mit dieser Waffe kann ich dem Eber entgegentreten, denke ich.

Wieder höre ich das Schnauben und Wühlen des Ebers ganz nahe an meiner Behausung.

Jetzt ist es so weit. Stich sie ab, die Sau.

Als ich mich still aus meiner Hütte schleiche, sehe ich wütende, rotglühende Augen in der Finsternis. Voll Wut reißt der Eber die Erde auf und schleudert Steine und Morast um sich. Gerade sehe ich, wie sich der Eber zur Seite dreht und mir seine Flanke zeigt.

Da drunter muss ich rein, geht es mir durch den Kopf. Da ist sein Blatt. Leider verpasse ich den Moment, und die Entfernung ist zu groß, um ihm den tödlichen Stoß zu versetzen.

Mit einem gewaltigen Sprung kommt der riesige Eber auf mich zu. Mir bleibt nur mehr über, die von mir gefertigte Lanze in den Boden zu stoßen und das Vieh in das mörderische Ding springen zu lassen.

In letzter Sekunde springe ich zur Seite und sehe, dass sich der Eber den Speer mächtig in die Seite stößt.

Ohne nachzudenken ziehe ich mein Messer und steche es dem Eber links unterhalb der Kehle ins Herz, worauf er mit einem Röcheln verendet. Knapp neben mir liegt das riesige Vieh.

Froh über den gelungenen Kampf und die gute Nahrung mache ich die „rote Arbeit", wie ich es aus meiner „alten Welt" von den Jägern kenne.

Aufbrechen, ausnehmen, das Gute entnehmen, eingraben. Nach einigen beherzten Schnitten habe ich den Eber ausgeweidet. Fliegen stürzen sich auf das warme blutige Gedärm, das neben mir am Boden liegt. Mit der Hand vor Nase und Mund ziehe ich den Eber am Schädel vom Platz der Ausweidung weg.

Stücke wie Schenkel und Nackenteile entnehme ich, da mir die Möglichkeit und die Kenntnisse fehlen, den Eber komplett zu zerlegen. Die größte Mühe macht es mir, den gewaltigen Kopf des Ebers abzutrennen. Mit einem mächtigen Stein schaffe ich es, das Genick des Ebers zu zerschmettern. Seine Hauer schlage ich ebenso mit einem Stein aus und stecke sie mir in meine Hosentasche als Trophäe.

Gott sei Dank, dass ich mein gutes Messer habe, denke ich mir, trenne den Kopf vom Rumpf und stecke es wieder in die Scheide, die an meinem Gürtel hängt.

Den ausgeweideten Bauch des Ebers nutze ich, um die abgetrennten Teile des Ebers wie einen Sack zu meiner Hütte zu schleifen.

Erst einmal froh über die gewonnene Nahrung und den gelungenen Kampf, spieße ich mit letzter Kraft den Körper mit den Fleischteilen des Ebers an einen starken Ast einer Fichte. Darunter entzünde ich ein Feuer, das die Fleischteile etwas räuchern soll, um Ameisen und Ungeziefer von den Fleischteilen fernzuhalten. Grausamer Gestank entsteht, als sich die Borsten des Ebers unter dem Feuer entzünden und diesen Gestank verbreiten.

Aus einiger Entfernung halte ich das Feuer mit dürren Ästen am Leben, um dem größten Gestank etwas aus dem Weg gehen zu können.

Am nächsten Tag gehe ich in das Dorf, das sich unweit meiner Behausung befindet.

Da ich das Fleisch des Ebers nicht alleine verwerten kann, bringe ich einen großen Teil in das Dorf, in dem ich damals angekommen bin.

„Nehmt und esst davon", biete ich den Menschen an, die sich plötzlich zahlreich um mich versammeln.

Ehin, der Alte, der mir die Wunde am rechten Arm versorgte, kommt mit wuterfüllter Miene auf mich zu.

„Was hast du getan? Du hast im Wald der Munalis gewildert. Du hast dort Fleisch entnommen, Fleisch, das aus der Erde entstanden, gewachsen ist. Was bildest du dir ein, die Mutter, die alles entstehen lässt, dermaßen zu bestehlen?"

„Was habe ich? Mein Leben habe ich verteidigt, und euch wollte ich Nahrung bringen, damit ihr mich aufnehmt, solange ich hier bin."

„Dich aufnehmen?", bricht es auch Ehin heraus. „Du gehörst nicht zu uns ... Und was wir sind, wirst du nie werden."

„Schon lange wurde uns berichtet, dass einer aus einer anderen Welt zu uns kommt und uns weismacht, wir wären wie sie oder so gewesen."

„Wir sind Munis, das ist so ... Tu uns nichts an."

„Was??", frage ich. „Was soll ich euch antun?"

„Ehin. Ich sehe in dir einen weisen Menschen, der mir vielleicht helfen kann, wieder in meine Welt zurück kommen zu können und euch wieder in eure zu bringen."

„Menschen", sagt Ehin, „... Menschen. Was wollt ihr Menschen? Munis brauchen keine Menschen."

„Vielleicht mehr als du denkst, Ehin ..."

Plötzlich steht der Junge wieder neben mir, mit weit aufgerissenen Augen, und flüstert mir zu.

„Menschen?? – Munis??"

„Halt dein Maul", faucht Ehin den Jungen an. „Was bildest du dir ein, aufzutauchen, wann du nur willst? Du hast hier nichts zu suchen. Hau ab, du Hundsbankert. Ich hätte dir wohl besser eiserne Fesseln anlegen sollen, als du ..."

Wie ein räudiger Hund verlässt der Junge den Streitplatz.

„Ehin, du führst etwas im Schilde?? Ich verdanke dir mein Leben, als du die Wunde, die mir zugefügt wurde, geheilt hast. Aber warum weist du mich jetzt so ab?"

„Was? Wenn ich dir nicht geholfen hätte, hätte dich der Wundbrand zu Tode gebracht ..."

„Warum lässt du dir dann von mir nicht helfen und den Dorfleuten?"

„Wir sind Munis. Und das wird so bleiben."

„Warum?", ruft der Junge, der plötzlich wieder aufgetaucht ist und zwischen meinen Beinen frech nach oben nach Ehin schaut.

„Schweig, du Dummkopf, sonst holt dich der Teufel, oder sonst was ..."

Wie der Kopf des Jungen aufgetaucht ist, so verschwindet er wieder zwischen meinen Beinen und der Junge ist weit und breit nicht mehr zu sehen.

In Ehin, der mir immer nervöser und aufgeregter vorkommt, erkenne ich, dass er bald keine Antworten mehr auf meine Fragen finden wird.

Voller Angst, nach oben und zur Seite schauend, scheint es, dass er etwas wittert, das ihn von seinem Weg der Überzeugung seines Tuns abbringen könnte.

Innerlich etwas zu unsagbarer Angst treibt. Alles, was ihm lieb und wert ist, außer Acht und Sorge zu lassen und seiner ihm aufgelasteten Bürde seine ganze Kraft und Entschlossenheit zu widmen.

„Verdammt noch mal", antworte ich Ehin. „Nehmt das Fleisch, um euch zu nähren oder verbrennt es in dem Erdloch, in dem ihr karges Brot backt. Was kümmert es mich?"

„Wie blöd seid Ihr Dörfler?", frage ich sie, die seit dem Streit in großer Runde um uns stehen.

„Schaut euch an ... Nur Haut und Knochen seid ihr ..."

„Schämt euch, vor so einem Alten zu ducken, der euch nicht sagen kann, welchem Stamm ihr angehört ..."

„Wir sind Munis", höre ich von den Dorfbewohnern.

„Euch ist wirklich nicht zu helfen, bleibt mir als einzige Antwort."

„Den Anteil am Eber, den ich für euch vorgesehen hätte, werfe ich in eure Brotbackgrube. Wenn ihr gescheit seid, dann holt euch, was Ihr wollt. Ein Schenkel des Wildschweines wird mir reichen, die nächste Zeit zu überstehen."

Kommentarlos lasse ich Ehin stehen, nehme mir einen satten Schenkel des erlegten Ebers und mache mich auf den Weg zu meiner Behausung.

Im Rücken spüre ich die Fassungslosigkeit der Dorfbewohner, die aus ihren Fenstern und Luken der Häuser meinen Abzug verfolgen, sowie den Zorn, der mir Ehin über meinen Rückzug und die Tat, den Schenkel des Wildschweins mitzunehmen, den Rest in die Kuhle zu werfen, zuwirft.

Ohne mich umzudrehen, verlasse ich das Dorf. Um Stärke zu beweisen, halte ich den Schenkel stark an meiner Schulter und die rechte Hand an dem in der Scheide steckenden Messers an meiner Rechten.

Nach ca. einer Stunde erreiche ich meine Behausung im Wald.

Oh Gott, denke ich mir. Wie bescheiden muss ich mich hier durchbringen, aber immer noch besser im Wald als im Dorf.

Mit Spanholz und getrocknetem Zunderschwamm, den ich mir schon als Vorrat zurechtgelegt habe, entfache ich durch ein gefertigtes Reibholz einen kleinen Glutstock. Getrocknetes Heugras dient mir, das Feuer etwas höher zu treiben und ein gut brennendes Feuer in der Mitte der Hütte zu entfachen.

Den Wildschweinschenkel lege ich zwischen zwei Steine, die ich links und rechts der Feuerstelle angebracht habe. Mit den Kräutern, die mich umgeben, und mit abgelöschter Asche reibe ich den Schenkel ein, der schon etwas Saft gezogen hat und zum Glück noch keinen Schimmel angesetzt hat, wie es in heißen Tagen an der frischen Luft schnell geschehen kann.

Den Rest räuchere ich. Denke ich mir. Geselchtes vom Schwein.

Plötzlich höre ich ein Graben, Kriechen direkt neben meiner Hütte. Schnell den Speer.!!!

Hundsfotz!! Was ist das??

„Lässt du mich hinein?", höre ich.

„Wer ist da? Bist du es, Junge?"

„Ja. Ich weiß nicht, ob ich noch zu dir kommen kann, da ich doch heute im Dorf so frech drein geschwatzt habe zwischen Ehin und dir?"

„Du bist immer willkommen bei mir und ich bin froh, dass du da bist. Ich habe mir große Sorgen um dich gemacht, du wilder böser Bub", sage ich, weil ich froh bin, dass er mich gesucht hat, und streife ihm voll Freude durchs struppige Haar. „Du bist mir ein Lauser. Ein Waldbub!"

„Jetzt komm. Es gibt Wildfleisch."

Das Feuer in der Erdgrube meiner Hütte brennt wie wild. Der Junge macht es sich gemütlich im Heu und ich merke ihm an, dass er froh ist, hier zu sein.

„Was ist das für ein toller Geruch?", fragt er mich. „Kennst du den Geruch von Fleisch nicht, Junge?", frage ich ihn? „Fleisch!!", schreit er plötzlich auf. „Wir Muni ... dürfen nicht ..."

„Du bist kein Muni, Junge. Du nicht und ich nicht. Wir sind Menschen ..." „Ich auch?", fragt der Junge „Ja. Du auch ..."

„Nennst du mir jetzt deinen Namen?"

„Ja. Ich bin Ehino. Sohn Ehins."

Ich wusste es. Jetzt wird mir einiges klar.

„Du bleibst jetzt bei mir."
    „Ehin ist mein Vater ...!!!"

„Ehin hat sich vorher nicht um dich gesorgt und jetzt auch nicht."

„Er hat gesehen, dass du nicht glaubst, dass die Muni nur Muni sind. Darum muss ich dich beschützen."

„Ehino, iss. Du brauchst es, so dürr, wie du bist."

Eben ist das Fleisch richtig gar und Ehino verschlingt es, als hätte er nie so etwas in seinem Leben gegessen. Bestimmt war es auch so.

Kurz darauf schläft Ehino auf dem Heu ein.

Teils froh darüber, teils voller Bedenken, lege ich mich auf meinem Schlafplatz in Richtung des Dorfes hin, als ich lautes Trommeln höre ...

Bumm ... Bummmm ... Bummm.mmm

Ehino schreit voll Angst auf und ruft.

„Sie kommen!!!! Die Munalis!!! Sie haben das verbrannte Fleisch vom Dorf gerochen!!!!"

„Sie rächen sich!!!!"

„Verdammt noch mal ... Sag es mir jetzt! Was sind Munalis?"

„Dämonen – Dämonen sind es. Sie sind es, die uns zu Munis machen."

„Ehino – verstecke dich hier in der Hütte unter dem Heu. Ich muss ins Dorf. Ich muss sie sehen. Vielleicht kann ich helfen ..."

„Du musst wissen, es gibt den weißen und den schwarzen Mulanis. Beide sind Dämonen."

„Dann sind sie vom gleichen Stamm. Das ist ihre Schwäche. Damit werde ich sie kriegen."

„Dein Speer wird dir nicht helfen. Sie sind eine Hülle aus Feuer Rauch und Schein."

„Warum verwehren sie euch das Fleisch der Tiere? Ich weiß es nicht?"

„Ich bin kein Muni und du auch nicht, und das werden wir ihnen zeigen ..."
    „Pass auf ...!" „Das werde ich ...!!!"

ÜBERFALL DER MUNALIS – AKIN DER SCHMIED

Nach kurzem Marsch komme ich in die Nähe des Dorfes. Von Weitem kann ich sie sehen, die Munalis, blass, schemenhaft.

Das Korn der Felder, eher schon in ihrem hellen Gelb erblasst, lässt die Gestalten, die durch sie durchfahren gar sehr hell erfahren. Jede Ähre in schrillem Licht noch mal in ihrer Blüte auffahren, als wäre sie gerade der Erde erwachsen und der Wurzel, der sie entstanden, noch einen besseren Ertrag bringen könnte wie in den Tagen zuvor.

Der Weiße und der Schwarze … Sie haben weiße und schwarze Gesichter. Sind übergroß und mit einem weißen und einem schwarzen Mantel gewandet.

Voran geht der Weiße. Eine Erscheinung. Übergroß, schwebend über der Erde.

Über diese Kornfelder sieht man sie ziehen. Kämpferisch. Dämonisch. Eine Armee von Tieren, ja. Unbeschreiblichen Mutanten.

Die ihnen folgen, sind Menschen, ganz normale Menschen. Bewaffnet mit Sensen, Äxten und Dreschschlegeln, mit denen sie sonst das Korn geschlagen haben, um das Mehl zum Backen ihres Brotes zu mahlen.

Bevor ich mich versehe, fegen sie über mich hinweg wie ein riesiger Orkan.

Was bleibt, ist niedergedroschenes Korn und verbrannte Erde.

Von Weitem kann ich schon das brennende, rauchende Dorf erkennen. Das Geschrei der Dörfler … Der Geruch von verbrannten Tieren und Erde holt mich ein.

In meinem Lauf denke ich mir, was alles schon vorgekommen ist. Wie viele Dorfbewohner schon ihr Leben lassen mussten, und wie die Munalis darin wüteten.

Dort angekommen sehe ich brennende Hütten und Menschen-Munis, wild um ihr Leben schreiend und laufend. Blitze, die vom Himmel fallen, Feuer überall. Der Himmel scheint hereinzubrechen. Wolken, die vom Himmel fallen und Gesichter ausbilden, die die der Munalis beschreiben. Gesichter derer bilden, die die Menschen noch mehr in Angst bringen und mit offenen Mündern ganze Häuser schlucken und nicht mehr auftauchen.

Unbezwinglich erscheinen sie. Jetzt erkenne ich, was die Menschen dazu treibt, sich als Munalis zu ergeben.

„Holt Eimer", schreie ich von Weitem. „Decken zum Ersticken des Feuers in euren Hütten und holt die Menschen heraus."

Nichts geschieht. Voll Panik schreie ich: „Macht, was ich sage ... Was seid ihr nur für Leute."
„Munis – Munis ..."

„Munalis!!! Munalis!! Sie kommen ... Sie kommen!!!"

„Schaut euch die Felder an, sie kommen schwebend über die Felder."

„Sie sind schon lange da", rufe ich ihnen zu ...
„Schickt euch an, euer Hab und Gut zu verteidigen."
„Erstickt das Feuer in euren Häusern ..."

„Bin ich denn der Einzige, der euch das sagt?"

Plötzlich tritt ein Mann vor mich hin. Mit schwarzem langen Haar, mittleren Alters, großer Statur, gut gebaut und, wie ich sofort erkenne, entschlossen, dieser Herrscherei der Munalis entgegenzutreten.

Inmitten flammender Hütten und Höfe reicht er mir die Hand und sagt: „Ich bin Akin.
Ich habe dich die ganze Zeit schon beobachtet. Du bist der, der uns wieder zurückführen wird."

„Wohin zurückführen?" „Darüber sprechen wir später."

Nach einigen Minuten ist der Überfall vorbei. Wie ein Orkan ist die Armee der Munalis über das Dorf gezogen und hat nichts als Zerstörung, Tod und Unheil hinterlassen. Kein Laut ist mehr zu hören außer dem Zusammenbrechen der Häuser und Hütten, die durch das Feuer verzehrt wurden. Keine Menschenseele ist zu sehen. „Wo sind sie?", frage ich Akin. „Die Dörfler trauen sich noch nicht aus ihren Verstecken. Sie warten lieber, bis sie sicher sind, dass alles vorbei ist." „Haben sie das schon öfter erlebt?", frage ich Akin. „Jedes Jahr kommt es vor, dass die Munalis über sie hinwegziehen, aber so schlimm wie heute war es noch nie …"

„Akin. Hilf mir, damit die Menschen ihr Dorfleben nach diesem Überfall wieder aufnehmen können."
„Das werde ich, soweit sie es zulassen, aber erst müssen wir sie jetzt ihrem Schicksal überlassen. Sie sind eigensinnig. Sie lassen sich nicht helfen."
„Wenn du willst, kannst du zu mir in meine Schmiede kommen. Ich bräuchte einen Gesellen, der mir bei der Schmiedearbeit hilft."

„Da musst du mir das Handwerk erst mal lernen."

„Das werde ich. Du stehst als Lehrling bei mir ein."
„Gerne Akin, das werde ich."
„Ich freu mich Akin, bei dir in die Lehre gehen zu können."

Kurz darauf verlassen wir das zerstörte Dorf und machen uns auf den Weg zu Akins Schmiede.

„Willst du nicht noch zu den Leuten im Dorf schauen, ob wir noch helfen können?", frage ich Akin.

„Wir können nichts tun, sie werden unsere Hilfe nicht annehmen. Das wirst du noch erfahren, Fremder."

Anfangs versuche ich, ein Gespräch mit Akin zu führen, da sich mir in dieser für mich neuen Welt unzählige Fragen auftun. Allerdings erweist sich Akin als ziemlich wortkarg und antwortet mir nur mit einem Ja oder weiß ich nicht.

Wird schon werden, denke ich mir und freue mich auf die Ankunft an der besagten Schmiede.

Nach drei Stunden erreichen wir Akins Schmiede. Ein hohes, aus groben, schwarzen Balken errichtetes Haus, das mit ebenso schwarzen Holzplanken verschlagen ist, tut sich auf einer Waldlichtung auf. Rechts davon läuft ein Bach vorbei, der direkt aus dem Wald kommt und ein großes uraltes Mühlrad antreibt.

„Dein Haus ist groß und alt", gebe ich Akin zu verstehen. „Ja", sagt Akin. „Mein Vater und dessen Vater haben hier schon viele Jahre ihres Lebens im Wald gelebt und jeder von ihnen war ein Schmied." „Dann wurde das alte Wissen auch an dich übertragen?" „Ja", sagt Akin. „Jeder von uns hat dazu beigetragen, dass die Schmiede erhalten bleibt, und jeder hatte dabei so viel zu tun, als würde er eine neue bauen, aber der Geist der alten Schmiede kann nur hier erhalten bleiben. So will es unsere Zunft."

Angelangt am Eingang der Schmiede, kramt Akin in seinem Umhängesack herum und zieht einen langen eisernen „Stab" heraus. „Was ist das?", frage ich Akin. „Der Schlüssel zur Schmiede, was sonst?" „Zeig ihn mir, Akin." „Du bist neugierig, weißt du das?"

Nach einem strengen Blick gibt er mir den seltsamen „Stab" in die Hand. Er ist schwer. An einem Ende ist er kreisförmig gebogen, um, denke ich, Hebelwirkung ausüben zu können. Am anderen Ende befindet sich ein Scharnier, das ein kleines Glied mit dem Schlüssel verbindet und sich nach oben und unten fallend bewegen lässt.

„Hast du nun genug gesehen?", fragt Akin lachend. „Ja", sage ich und reiche ihm den Schlüssel. Durch ein in der Türe befindliches Loch führt Akin den Schlüssel mit dem Glied voran ein, bis ein leises Klacken zu hören ist. Daraufhin greift Akin den Schlüssel am anderen gebogenen Ende und dreht ihn einmal kräftig herum.

Bei dieser Bewegung lässt sich ein schiebendes Geräusch vernehmen. Akin zieht den Schlüssel aus dem Türloch und vollzieht die gleiche Prozedur an einem weiteren Türloch am unteren Teil der Türe.

„So. Erledigt", gibt Akin zu verstehen. „Nun tritt ein in mein Zuhause." Mit einem Knarren lässt sich die gewaltige Tür der Schmiede öffnen. Begeistert von der Technik, mit der Akin die Türe zur Schmiede geöffnet hat, sehe ich mir die Innenseite der Türe an. An der befinden sich zwei mächtige Holzbalken, die verbunden mit der Mechanik des Schlüssels nach rechts wie links von außen verschiebbar sind.

„Jetzt verstehe ich, wie du die Türe öffnest und wieder verschließt." Akin dreht sich kurz um und wirft mir ein kleines Lächeln zu.

„Ich glaube, es wird heute noch mehr für dich zu sehen geben als nur die Türe."

Beim Eintritt in die Schmiede tritt mir beißender kalter Rauch entgegen. Sofort krümme ich mich vor Husten und trete einen Schritt zurück ins Freie. „Was ist das für ein furchtbarer Gestank?", frage ich Akin. „An den gewöhnst du dich schon, wenn du einige Zeit hier bist und außerdem müssen wir hier erst mal durchlüften. So würde sogar ich es nicht lange aushalten."

Von außen in die Schmiede schauend sehe ich, wie Akin an langen von der Decke hängenden Seilen zieht und sich augenblicklich an der Decke befindliche Luken auftun und Tageslicht in die Schmiede eintritt.

Eine Luke nach der anderen öffnet Akin und allmählich gewöhnen sich meine Augen an den Anblick, der sich mir bietet.

Ein riesiger Raum tut sich vor mir auf, mit einem in der Mitte stehendem gewaltigen Schmiedeofen, der eine Schüre von mindestens drei mal drei Metern misst. Der Umfang dieses Ofens muss wohl fünf mal fünf Meter betragen. Am Boden befinden sich um den Schmiedeofen riesige rustikale Steinplatten, die jeder Holz- und Feuerglut standhalten. Bis über Kopfhöhe tut sich das riesige Maul der Schüre auf, wo sie sich verjüngend an einen gewaltigen Kaminabzug stützt.

Stolz steht Akin in diesem gewaltigen Raum und lässt mir Zeit, mich genügend umschauen zu können. Die ganze Schmiede ist nun durch die Öffnung der vielen Dachluken erhellt, um jeden Winkel der Schmiede erkennen zu können. Rechts davon hängen an der Wand etliche eiserne Werkzeuge, die wohl dazu dienen, sämtliche Schmiedearbeiten fachmännisch ausführen zu können. Links des Raumes stehen Feldbetten, Pritschen und ein großer Tisch mit etlichen Stühlen. Im hinteren Teil des Wohnteiles befinden sich Fässer und Truhen, die wohl als Vorratslager dienen.

Allmählich verflüchtigt sich der grausame Gestank, der vorerst noch in der Schmiede herrschte, und Akin zeigt auf den riesigen Tisch. „Komm, lass uns nach unserem aufregenden Tag erstmal ordentlich essen. Außerdem hab' ich Durst, den ich mir am Bach draußen nicht löschen kann, falls du weißt, was ich meine."

Aus den Truhen bringt Akin herrlich duftendes Rauchfleisch und einen Wecken Brot. Aus den Fässern, die er zuhauf übereinandergestapelt hat, zapft er zwei große Humpen Bier.

„Nun lass uns zum gemütlichen Teil übergehen", lädt mich Akin an den großen Tisch ein. Mit einem großen Messer, das er aus seinem Gürtel zieht, schneidet er Brot und Fleischscheiben herunter.

Allmählich wird Akin gesprächiger und wir lassen uns das reichliche Mahl gehörig schmecken.

Als Abschluss spiekt er sein großes Gürtelmesser in das Tischblatt, das wohl bedeuten sollte, dass es wohl genügen müsste.

„Morgen zeige ich dir, wir die Esse zum Glühen bringen, dann kannst du schon das erste Mal auf das Eisen schlagen."

„Nach dieser Stärkung wirst du genügend Kraft haben, um einen Arbeitstag mit mir durchzustehen, hoffe ich", gibt Akin grinsend hinzu.

„Jetzt noch ein paar Schluck Bier und dann schlafen." „Ja, Akin. Der Tag war lang."

„Aber zuerst müssen wir noch in der Esse ein Feuer für die Nacht machen, damit uns nicht zu kalt wird hier drin."

Rechts des Schmiedeofens befinden sich große dürre Holzscheite und im Nu entfacht Akin ein Feuer, das abermals einen großen Teil der Schmiede erhellt. Akin schließt die Dachluken.

„Lasst uns nun schlafen. Such dir aus, wo du dich am liebsten hinlegen willst. Mein Platz ist neben dem Ofen." Mit einem Ruck zieht sich Akin eine der Pritschen neben das Feuer der Esse und binnen weniger Minuten beginnt ein tiefes Schnarchkonzert.

Na toll, denke ich mir, dann gute Nacht, und suche mir einen Platz mit einer mehr oder weniger warmen Decke. Kurz darauf falle auch ich in tiefen Schlaf nach diesem ereignisreichen Tag.

Früh morgens höre ich ein Krachen und Scheppern außerhalb der Schmiede. Sofort springe ich von meinem Lager auf, um nachzusehen, was draußen vor sich geht.

„Akin. Was treibst du so früh am Morgen schon?" „Holz spalten. Wir müssen jetzt ordentlich heizen, um die Esse auf Temperatur zu bringen. Du kannst schon mal die gespalteten Scheite hineintragen und nachlegen. Es ist noch genügend Glut in der Esse."

Wie Akin mir aufgetragen hat, trage ich die Scheite in die Schmiede. Beim Nachlegen der riesigen Holzscheite spritzt die Glut in der Esse auf, da die Scheite außen feucht sind.

Die Dachluken öffnen, denke ich mir, sonst ersticke ich noch hier. Wie Akin es am Tag vorher gemacht hat, ziehe ich mit den Stricken die Dachluken auf. Sogleich wird es hell in der Schmiede und der Luftsog, der entsteht, da die Schmiedetüre weit geöffnet ist, befördert den entstandenen Rauch nach oben hinaus.

Nach ein paar Minuten fangen die Scheite fest zu brennen an und ich finde Gefallen an dem Anschüren der Esse.

„Los, Akin. Spalte mehr Holz, deinen Ofen friert es. Freu dich nicht zu früh, Söhnchen, der Tag ist noch lang. Das soll er auch, ich will ja heute noch was sehen von deiner Kunst."

Freudig über die Zusammenarbeit schlagen Akin und ich ein.

Immer mehr Scheite tragen Akin und ich zur Esse, bis sich ein ansehnlicher Glutstock gebildet hat.

„Jetzt haben wir genügend an Holzvorrat", sagt Akin. „Ich zeige dir jetzt, wie wir ein anständiges Schmiedefeuer zustande bekommen."

Mit einer Stange, an deren Ende sich ein Haken befindet, zieht Akin eine große Metallplatte an der Oberseite der Schüre nach unten, um den Zug des Schmiedeofens zu zügeln.

Wir brauchen die Hitze der Glut jetzt in der Esse und nicht im Rauchfang. Sichtlich wird der Glutstock immer roter und Akin füllt nun aus einem riesigen Trog, den er hinter dem Schmiedeofen herzieht, Holzkohle nach.

„Ich zeige dir jetzt, wo der Blasebalg ist. Den musst du nun unentwegt mit dem Fuß treten, um der Kohle Luft zu geben, damit sie vollends durchglüht."

Hinter dem Schmiedeofen befindet sich der Blasebalg, der mit einem aus Leder gefertigten Schlauch mit der Feuerstelle der Esse verbunden ist.

„Jetzt trete den Balg mit dem rechten Fuß. Ich kümmere mich um das Nachlegen der Kohle." Spätestens jetzt weiß ich, warum Akin einen Gehilfen braucht, um seine Arbeit richtig ausführen zu können.

Allmählich wird es auch hinter dem Schmiedeofen unerträglich heiß und die Betätigung des Blasebalgs erweist sich als harte Arbeit.

„Halte durch", ruft mir Akin zu, „eine halbe Stunde noch, und wir haben die Hitze erreicht, die wir brauchen."

„Endlich", ruft Akin. „Es reicht. Komm zu mir. Du kannst dein erstes Schmiedegut ins Feuer halten."

„Erst brauche ich eine Verschnaufpause und einen Krug Bier." „Das wusste ich", entgegnet mir Akin und reicht mir seinen Krug, den er während seiner Arbeit schon einige Male geleert hat.

„Trink aus. Du hast es dir verdient." Mit einem Male leere ich den Krug und sehe jetzt den Glutstock, der in der weit ausladenden Esse entstanden ist.

„Wisch dir dein Maul mal ab", scherzt Akin. Völlig verschwitzt, die Arme auf die Knie gestützt und immer noch nach Luft ringend, stehe ich vor der Esse, die eine unglaubliche Hitze ausstrahlt.

Ohne auf mich zu achten, nimmt Akin einen glühenden Stab aus der Esse. „Hier, damit zeige ich dir, wie man einen Nagel schmiedet, aber hänge dir erst einen Lederschurz um und ziehe die ledernen Handschuhe über."

„Du schaffst mich heute. Der Tag ist noch nicht um."

„Geh erst mal hinaus vor die Schmiede und schnaufe aus. Jetzt musst du erst mal zur Ruhe kommen, bevor wir mit dem Schmieden anfangen."

Draußen vor der Schmiede kommt mir nur ein Gedanke: ab in den Bach und Abkühlung verschaffen. Das kühle Wasser des Baches gibt mir wieder neue Kräfte und voller Inbrunst gehe ich zu Akin zurück, um endlich in die Kunst des Schmiedens eingewiesen zu werden.

„Bist du bereit?", fragt mich Akin. „Und ob."
    „Dann nimm jetzt den Stab am Ende und versuche, ihn vorne zu einer laufenden Spitze zu treiben. Überlege dir aber vorher, wie lange der Nagel werden soll."

Mit meiner linken Hand halte ich den Stab in der Mitte und halte ihn über den Amboss, der unweit neben der Esse steht. Mit dem Schmiedehammer versetze ich dem vorderen Ende des Stabes einige Schläge. Je härter ich schlage, desto mehr schlägt mir das hintere Ende des Stabes gegen die Hand. „So geht es nicht, Akin. Ich muss den Stab erst auf eine bestimmte Länge teilen."
„Sehr gut", entgegnet mir Akin, und legt ihn der Länge nach in die Schmiede. Erst als der Stab in der Mitte durchgeglüht ist, nimmt er ihn aus der Glut und reicht mir ein „Trenneisen".

„Damit schlägst du den Stab an der Stelle, an der er am meisten glüht, auseinander. So erhältst du ein kleineres Stück, das genügt, um den Nagel zu schmieden." Akin hält den Stab über den Ambos, damit ich ihn teilen kann. Mit festen Schlägen mit dem Schmiedehammer und dem Trenneisen teile ich den Stab in zwei Teile.

Den hinteren Teil des Stabes lässt Akin fallen. „Jetzt nimm das Stück, das du schmieden möchtest. Mit einer Zange hebe ich das Metallstück auf und treibe es von hinten nach vorne zu einer Spitze.

Gib dem Nagel vier Kanten, mache ihn nicht rund. So kannst du ihn gleichmäßiger nach vorne treiben." Nach einiger Zeit ergibt sich ein Nagel von ca. 20 cm Länge. Wie kann ich ihm jetzt noch einen Kopf am dicken Ende anbringen?

„Tauche den Nagel erst in den Eimer mit kaltem Wasser, um ihn abzukühlen. Dann schmieden wir den Kopf."

Voll Stolz halte ich den Nagel mit der Zange in die Höhe. „Jetzt musst du ihn mit dem dicken Ende wieder in die Glut legen." Nach kurzer Zeit glüht das Ende des Nagels durch und Akin nimmt ihn mit der Zange aus der Glut.

„Den Kopf zu schmieden, zeige ich dir jetzt. Beim nächsten Nagel, den du genauso machen sollst, kannst du es dann selbst machen."

Den Nagel spannt Akin in den Schraubstock mit dem glühenden Ende nach oben ein, das ca. vier cm übersteht. Mit gekonnten Schlägen treibt er das glühende Eisen auseinander und formt damit den Kopf des Nagels.

„Einen Nagel schmieden kannst du, Akin, das hast du mir bewiesen. Ich bin gespannt, was ich noch alles von dir lernen kann."

„Ich werde dir die Hammerschläge schon beibringen", grinst Akin. „Für heute ist es genug."

„Dann lass es uns gut sein für heute."

Erledigt lege ich mich in der Schmiede auf mein Lager. Mit einem Grinsen im Gesicht begibt sich Akin noch einmal zum Tisch in der Schmiede und lässt sich einen Humpen Bier schmecken.

Die Tage mit Akin sind sehr arbeitsreich.

Ohne Gnade und mit großem Fleiß lässt Akin seinen Schmiedehammer fallen, um den Takt, der uns umgibt, nicht zu unterbrechen.

Nach kurzer Zeit finde ich den Takt, um mit Akin und der Kraft seines Schlages mitzuhalten.

„Du bist gut", sagt Akin. „Aber als Geselle taugst du noch nicht."

„Gib mir Zeit, Akin. Meine Stärken habe ich dir noch nicht gezeigt. Da wirst du dich noch wundern …"

„Morgen werden werde ich dir zeigen, was wir alles schmieden bei mir."

IN DER SCHMIEDE

Äxte mit unterschiedlichen Schneiden, Hammerenden schweren Kalibers, mit Öffnungen, in denen die Griffe eingesetzt werden, fertigen wir an der Stange.

Akin schlägt auf den Stahl, als ob er mir beweisen möchte, dass es höchste Zeit wird, eine Armee auszurüsten.

Ehino kommt des Öfteren an der Schmiede vorbei. Er redet nicht viel. Zieht mit geducktem Gesicht an uns vorbei. Ich sage: „Ehino, bleib bei uns, du kannst bei uns bleiben ..."

„Der Wald ist meine Heimat, antwortet er uns."

„Du kannst es auch lernen, das Schmiedehandwerk." „Nein ... ich darf ja nicht ..."

„Doch, das sollst du. Nimm den Hammer und schlag mit uns einen Nagel zurecht. So lernst du es. Du wirst bestimmt ein guter Schmied, der etwas in den Armen hat, ein Schmalz, mit dem du dich vor keinem mehr fürchten brauchst."

Jetzt erst bemerke ich, dass Akin seine donnernden Schläge auf den glühenden Stahl während des Gespräches, das ich mit Ehino hatte, beendet hat. Sogar der Laut des schnaubenden Luftbalgs, der die Glut im Schmiedefeuer zur größten Temperatur bringt, ist erloschen.

Sogar das Licht der Glut der Esse ist nicht mehr so erhellt, wie man es gewohnt ist bei der langwierigen Arbeit, die die Schmiederei ausmacht.

Akin steht neben uns. Leicht erhellt von der immer noch leuchtenden Glut des Schmiedefeuers. Seinen muskulösen, stählernen Körper kann man unter der Schmiedeschürze trotz der kleinen Lichtstrahlen, die durch die Schmiede scheinen, erkennen.

In seiner rechten Hand hält er eine Schürze. Kleiner als die, die wir tragen.

„Ehino", spricht er zu dem Jungen. „Diese Schürze habe ich für meinen Jungen gefertigt, bevor die Munalis gekommen sind, aber ..."

„Es soll nun die deine sein. Nimm sie an. Es soll deine sein. Und damit du dich leichter tust, dies anzunehmen, schlagen wir jetzt gleich deinen Namen in die Schürze ein."

Akin holt den Satz der Schlagbuchstaben, die er in seinem umfangreichen Werkzeugsatz hat, um seine gefertigten Stücke zu beschriften.

Ähnlich einem Buchdrucker nimmt er Buchstabe für Buchstabe, die an einer Metallstange befestigt sind, und hält sie kurz über das Schmiedefeuer, bis sie die ihm bekannte Temperatur erreicht haben, und schlägt diese mit einem einzigen Hammerschlag, Buchstabe für Buchstabe, in die aus Hirschleder gemachte Schürze, rechts neben dem Schürzenträger.

Stolz übernimmt der Junge die Schürze und legt sie sich über. „Aber ich darf doch nicht ...", bricht es aus dem Jungen wieder hervor.

„Du bist jetzt hier zu Hause. Oder willst du lieber dein Leben mit den Wölfen im Wald teilen?", sagt Akim mit einem Lächeln zu ihm.

„Nein, das will ich nicht. Ich will bei euch bleiben."

„Ich bin sehr froh, Akin," sage ich, „dass wir den Jungen endlich zu uns gebracht haben, und dass ich bei dir sein kann."

„Jetzt sind wir schon zu dritt. Die Munalis werden sich wundern ..."

Plötzlich ziehen dunkle Wolken über den Himmel und es weht ein unheimlich kalter Wind um die Schmiede.

„Munalis ...", sagt der Junge.
    „Wir müssen uns verstecken." „Ja", sage ich. „Noch ... Aber wirklich erst noch ..."

„Kommt", sagt Akin. „Über der Schmiede in das Gebälk. Da findet uns so schnell keiner und wir können durch die Luken beobachten, was über uns geschieht."

Über eine hölzerne Leiter erreichen wir das Gebälk über der Schmiede. Ein Teil davon ist mit Bohlen ausgelegt, auf denen wir uns flach hinlegen können.

Akin stellt die kleinen Luken im Dach auf, den er mit Holzspreißlingen einhakt.

Durch diese Luken sehen wir, wie sich diese dunklen Wolken immer mehr vor den dunkel werdenden Himmel schieben.

Der Junge liegt zwischen uns. Vor Angst zittert und schnaubt Ehino ohne Unterlass. „Du musst ruhig sein", sage ich zu Ehino.

Da hören wir ein Rauschen, nicht wie vom Wind, der durch die Bäume fährt, sondern der von oben kommt, von ganz oben.

Plötzlich lässt sich ein riesiger „Vogel", ein geflattertes Wesen, vor unserer Dachluke nieder.

„Munalis", ruft Ehino vor Angst … „Es ist der Schwarze!! Der Schlimmste von allen.

Er will uns holen, bestrafen."

Schnell halte ich dem Jungen den Mund zu, damit er nicht noch mehr hinausruft.

Akin und ich beobachten den dämonischen Vogel, der sich nur ein paar Meter vor uns auf dem Dach befindet.

Er schnaubt, hat suchende rote Augen, ist mehr als menschengroß mit riesigen fledermausartigen Flügeln.

Den Wind, den er unter der Luke auf dem Dach verbreitet, ist so gewaltig, dass es Teile der Dachschindeln herunterreißt und uns den Atem stocken lässt. Das Getöse, das von dieser Kreatur ausgeht, ist ohrenbetäubend und das Schwingen der grässlichen Flügel bewirkt einen Sturm, der durch die ganze Schmiede geht. Wie ein riesiger Orkan. Wir können uns nur noch mit den Armen an den Bohlen des Bodens festhalten.

Mit seinen riesigen Krallen hält er sich anfangs an den Dachschindeln fest, die unter seiner Gewalt und Gewicht zerbersten. Kreischend, kratzend und steigend krallt er sich weiter bis zu der Dachluke, wo er besseren Halt hat.

Gut, dass die Luke so klein ist, dass er den Kopf gleich eines riesigen Adlers nicht hineinbringt.

Nur den riesigen Schnabel, der durch die Luke ragt, bekommen wir zu sehen.

Mit dem riesigen Schnabel hackend versucht das „Tier", sich Zugang in die Behausung zu verschaffen.

Dank Akins groben massiven Dachbalken, die die Luke umragen, bringt der Angreifer es nicht fertig, bis zu uns einzudringen.

Trotzdem fliegen uns die Späne um die Ohren, die der „Vogel" auswirft in seinem Drang, uns den Garaus zu machen und damit überkräftig mit den Flügeln schlägt.

Durch diesen unnatürlichen Sturm wird das Feuer in der Schmiedeesse wieder entfacht und ein beißender Rauch steigt auf, der die ganze Schmiede erfasst und bis zum Dachboden steigt.

Mit einem gellenden Schrei reißt der „Vogel" seine ledernen Flügel empor und fliegt davon.

„Das war unsere Rettung", sagt Akin. „In letzter Sekunde. Gut, dass wir den Rauch gewohnt sind."

Durch die Luke im Dach sehen wir, wie sich die dämonische Kreatur mit einem lauten Schrei in die Lüfte hebt, noch einmal zurückschaut und mit einem kecken Schrei in der Finsternis verschwindet.

Langsam weicht die Todesangst aus unserer Brust, aber wir bleiben wie gelähmt auf den Bohlen des Dachbodens liegen.

Nach einiger Zeit ziehen die dunklen Wolken wieder weg und der blaue Himmel, der nun wieder erscheint, gibt uns Zuversicht.

„Das nächste Mal sind wir gewappnet, das verspreche ich dir", sagt Akin. „Lass uns weiter unsere Waffen schmieden. So nackt will ich dem ‚Ding' nicht mehr entgegenstehen."

„Ehino, wie geht es dir?" „Ich kann nicht sprechen. Ich, ich …"

Er hat bestimmt einen Schock. Und der Rauch …

„Schnell, Akin, hol Decken, wir müssen Ehino wärmen und an die frische Luft bringen", sage ich.

Akin und ich tragen den Jungen nach unten in die Schmiede, in die kleine Unterkunft, in der wir schlafen.
    Sie ist schlicht eingerichtet, mit zwei Pritschen, die mit leichten Wolldecken versorgt sind.

Ehino schläft sofort ein. Gut zugedeckt und weg von der immer noch rauchendem Schmiedeesse stammelt er: „Munalis ... Munalis ... Der Schwarze ...“

Akin und ich schließen die Luken am Dach der Schmiede. „Akin“, sage ich. „Was machen wir beim nächsten Übergriff?“

„Es ist dir wohl klar, dass die Munalis mit ihren Dämonen uns wieder heimsuchen werden.“

„Ja“, sagt Akin. „Das weiß ich. Wir müssen schmieden. Schmieden, und nicht nur dies.“

„Wir müssen uns eine Waffe überlegen, die die Munalis zur Strecke bringt.

Ein einfaches Schwert oder eine Lanze, die wir schmieden, bringt es nicht.“

„Feuer ... Feuer ... das ist es.“

„Feuer? Das genügt zum Garen von Fleisch, oder so, wie es die Munalis machen, um unsere Dörfer niederzubrennen ...“

„Ja, Akin. Wir nehmen uns unser Feuer. Das reale, echte Feuer der Menschen zur Waffe ...“

„Denk daran, wie der schwarze Mulanis geflüchtet ist, als der Rauch aus der Schmiedeesse gestiegen ist.

Mit gespreizten Flügeln hat er sich in die Lüfte gehoben. Er hat das Feuer und den Rauch gefürchtet.“

„Aber er vernichtet ja auch die Dörfer mit dem Feuer, das er dort legt“, sagt Akin.

„Ja. Aber hast du ihn nachher oder während des Feuers dort noch gesehen?“

„Nein", sagt Akin. „Sie haben das Feuer gelegt und sind dann verschwunden."

„Und haben euch eurem Schicksal überlassen", sage ich zu Akin. „Ja. Klar. Sie wollten es ja so."

„Also fürchten sie das Feuer. Der Weiße wie der Schwarze. Es sind Dämonen. Selbst aus Feuer geboren. Aber nicht aus dem Feuer, das aus der Erde geboren wird."

„Das Feuer der Menschen ist durch das Erdinnere entstanden. Als die Erde noch eine Feuerkugel war, vulkanisch, innerirdisch. So hat sich die Flamme erhalten, die Wärme und Licht spendet, Nahrung gart, und die wir mit Steinzeug entzünden können."

„Ihr Feuer ist aus einer anderen Welt. Kaltes Feuer. Unser Feuer fürchten sie. Das Einzige, was sie unterscheidet, ist ihre Erscheinung."

„Einer als der ‚Weiße' und einer als der ‚Schwarze'."

„So wie sie kaltes Feuer entfachen können, treten sie auch als weiße oder schwarze Erscheinung auf und nehmen in dieser Welt die Herrschaft auf."

„Nur hier können sie diese Erscheinung in aller Völle aufnehmen."

„So nehmt ihr es wahr."

„Akin, du darfst uns das nicht so weißmachen. Kannst du beweisen, wie wir den Munalis die Herrschaft entreißen können?"

„Und ob."

DAS FEUERROHR SCHMIEDEN

Am nächsten Tag erwacht Ehin aus seinem Erschöpfungsschlaf.
Völlig außer sich stammelt er: „Wo bin ich? Ist es vorbei?"

„Ja Ehin", sagen Akin und ich. „Es ist alles gut. Du bist in Sicherheit, und so soll es auch bleiben."

Beruhigt schläft der Junge noch einmal ein.

„Akin", sage ich. „Seit dieser Nacht weiß ich, wie wir die Munalis besiegen können."

„Schmiede mir mit deiner Kunst ein Rohr mit einem Durchmesser von 10 cm und einer Länge von mindestens einem Meter. Hinten bringe mir eine Klappe an, die ich mit einem Schloss fest machen kann. Alles andere mache ich."

„Ehino, geh die Felsen neben der Hütte ab, in der ich gehaust habe, und nimm den Schwefel ab, der an den Felsen hängt. Um so trockener, um so besser, und stecke ihn in einen trockenen Zunderschwamm, den du von einer alten Buche nehmen kannst.
Akin? Du hast bestimmt noch Holzkohle in deiner Esse liegen, die noch nicht ganz verkohlt ist?"
Ich hole mir eine Hand voll davon.

„Ja", sagt Akin. „Ich weiß zwar nicht, wofür du das Zeug brauchst, aber nimm dir, was du willst?"

„Das werdet ihr sehen ..."

Wir schmieden ein Rohr.

Ohne längere Nachfrage holt Akin eine dicke Stange Eisenerz aus seinem Lager und legt sie in seine glühende Schmiedeesse. Erst durch die Blasebälge, mit denen Akin immer wieder mit aller Kraft die Kohle anbläst, löst sich die Schlacke von dem Eisenerz und das Eisen wird rein. Mit dem Hammer lässt sich hier schon das Eisen von der Schlacke lösen.

„Du stellst mich vor eine große Probe", sagt Akin. „Messer, Äxte und sogar Sägen zu schmieden, habe ich gelernt, aber ein Rohr mit einem Meter Länge habe ich noch nie gemacht."

„Wie soll ich das machen? Ich bin ein Schmied, der auf das Metall schlägt und der es nicht höhlt wie ein Besenbinder", sagt Akin voll Entrüstung.

„Ich werde dir zeigen, wie wir ein Rohr schmieden, und jetzt beruhige dich und schlage auf deinem geliebten Stahl rum."

Stumm und zornig nimmt Akin seinen Hammer und haut auf seinen Amboss, dass die Funken sprühen.

„Ja, Akin. Diese Kraft brauche ich von dir. Ich bringe dir einen Stecken. Den sollst du mit deinem Metall umschließen und so heiß schmieden, wie es nur geht. Beachte dabei, ihn möglichst gerade zu halten."

Neben der Schmiede stehen Nussstauden. Ideal, um einen Hohlkörper für das Rohr zu gewinnen.
Ich schneide eine gerade Nussbaumstange ab, als sich auf einmal sich etwas in dem Gestaude rührt.

„Ehino? Bist du es? Was machst du hier?"

„Ich war wieder im Wald. Ich brauche den Wald und er mich. Ich habe eine Woche in einer Grube geschlafen, habe mich mit Zweigen bedeckt. Tiere sind zu mir gekommen. Es war schön ..."

„Jetzt komm wieder zu uns in die Schmiede!" Ich nehme den Buben in die Arme, der mit von Erde verdrecktem Gesicht und zerrissenen Kleidern vor mir steht. Aber ich habe hohen Respekt vor ihm. Ein Waldbub.

„Hast du denn die Sachen gefunden, die ich dir aufgetragen habe?"

„Ja. Habe ich. Wenn es das ist, was du meinst?"

„Akin. Nimm diesen Stecken und Schmiede mir das Rohr, das ich von dir möchte."

„Gib her, du Narr. Ein Schmied, der einen Nussstecken schmieden muss.?"

„Mach es so, wie ich es dir sage. Umschließe das Metall mit dem Stecken."

„Der ist nicht von Sinnen", sagt er bei jedem Schlag, den er mit dem riesigen Schmiedehammer auf das Metall schlägt.

Zuerst formt Akin das Eisen zu einer viereckigen Platte, die er mit seinem gewaltigen Hammer immer weiter auseinandertreibt.

„Akin", sage ich. „Trenne die Eisenplatte in der Mitte und lege sie mit der anderen Hälfte übereinander und füge sie, nachdem du beide wieder erhitzt hast, zusammen. So bekommst du eine bessere Härte des ‚Eisens', da sich der Kohlenstoff mit einschließt.
In meiner Welt nennen wir dies die Gewinnung von Stahl."

„Bin ich der Schmied oder du?", sagt Akin, in seiner Ehre als Schmiedemeister getrübt, aber mit nachdenklicher Miene, die erkennen lässt, dass er sich Gedanken über meinen Vorschlag macht.

Voller Eifer und Neugierde über diese neue Technik facht Akin das Schmiedefeuer erneut an.

Viel heißer und glühender als zuvor.

Gekonnt legt er die getrennten Eisenplatten in die Glut, um sie zur Rotglut zu bringen.

Fauchend bringen die beiden Blasebälge die Kohle auf höchste Temperatur.

Konzentriert auf die immer mehr steigende Temperatur in seiner Esse, entkommt Akin nur ein Satz.

„Leg Kohle nach, oder willst du nur gescheit daherreden?"

„Gerne, Akin."

„Ich sehe, du bist in deinem Element."

„Ja, du Rohrmacher. Dir werde ich zeigen, dass einem echten Schmied nichts zu schwer ist."

„Das weiß ich, Akin. Mach weiter. Du kannst es."

Als die Stahlplatten durchgeglüht sind, nimmt sie Akin von der Esse und legt sie auf seine Werkbank, die aus altem Buchenholz gezimmert ist. Man möchte meinen, sie wäre selbst schon zu Eisen geworden, so verhornt und versteinert ist die Arbeitsplatte, die tausendfachen Schlägen von vermutlich vielen Schmieden standhalten musste.

Umso härter und trotzend jeden Schlages ist das Buchenholz geworden wie Eisen, um für die Ewigkeit zu halten.

Dennoch steigt Kohlen- und Eisenrauch von dem Schmiedegut auf bei der Bearbeitung der Platten.

Ohne auf mich zu schauen, treibt Akin mit übermännlicher Kraft und seinem beilschweren Hammer die Platten zusammen.

„Es funktioniert", ruft er voll Freude. „Es funktioniert. Die Platten verbinden sich."

„Jetzt noch mal ins Feuer und dann teile ich sie nochmals und verbinde sie wieder."

„Ja, Akin. So wird der Stahl immer härter – Du machst das sehr gut."

Wie besessen teilt und legt Akin Platte Lage um Lage.

Erst in den Morgenstunden gibt er sich zufrieden mit seinem Werk.

„So", sagt Akin. „Was meinst du? Genügen dir 32 Lagen?" „Und ob, Akin."

Akin legt eine 1x1 Meter messende, wohl geschmiedete Stahlplatte auf den Steinboden hin.

Rauchend, glühend, sich noch windend von der Hitze, die langsam von ihr weicht, liegt sie vor uns. Der Rotschimmer, der von ihr ausgeht, lässt die verschiedenen Schichten erkennen, gleich der Maserung langsam gewachsenen Holzes. Linien, schlängelnd, dünn, voller Kraft strotzend, stehen wir vor unserem Werk.

„Jetzt heißt es, das glühende Metall abzuschrecken."

„Wie?", sagt Akin. „Lassen wir es nicht in Ruhe abkühlen? Es ist spät in der Nacht."

„Nein, Akin. Nur durch schnelle Abkühlung erreichst du, dass der Stahl seine Beschaffenheit erhält."

„Hast du Schweinefett in deiner Behausung?" „Ja, ganze Kübel." „Das ist sehr gut."

Akin, Ehino und ich schaufeln und schütten das kühl gelagerte Schweinefett in einen Trog, der der Größe der Stahlplatte entspricht.

„Eine Sünde ist das", schimpft Akin. „Wir schaufeln Schweinefett, das zum Essen gedacht ist, in einen dreckigen Trog. Sag mal, spinnst du? Oder willst du uns auf die Gant bringen?"

„Mach weiter, Akin. Es erfüllt einen weit wichtigeren Zweck als das Griebenschmalz, das du daraus machen wolltest."

„Ja", sagt Akin. „Jetzt will ich sehen, was du vorhast."
Noch einmal legt Akin die Eisenplatte in die Glut.

Als die Eisenplatte erneut ihre Temperatur erreicht hat, legen wir sie in den Trog mit dem Schweinefett, um einen schnellen Abkühleffekt zu erreichen.

Als wir sie eintauchen, fährt sofort ein furchtbarer Gestank auf.
Pechschwarzer Rauch erfüllt die Schmiede.

„Bist du wahnsinnig?", schimpft Akin. „Willst du uns umbringen?"

„Raus, wir müssen raus."

Ehino flüchtet zuerst. „Ehino, lass die Türe offen, Akin und ich öffnen die Fenster und die Luken am Dachboden."

Nach Luft schnaubend stehen wir vor der Schmiede und sehen zu, wie allmählich der Rauch und der Gestank durch die Fenster und der Türe abzieht.

„Du spinnst", sagt Akin. „Normalerweise sollte ich dir ..."

„Warte erst mal ab, was du aus dem Trog fischst. Ich bin mir sicher, so etwas hast du und sonst auch keiner aus deiner Zunft je in den Händen gehalten."

„Bin gespannt, ob sich der Aufwand gelohnt hat", sagt Akin, schauend auf seine noch immer voll Rauch und Gestank stehenden Schmiede.

Mittlerweile ist es wieder spät am Tag. Ehino schläft immer noch auf der Bank neben der Schmiede.

„Lass ihn", sagt Akin. „Ich will jetzt sehen, was aus dem furchtbaren Gestank geworden ist."

„Wehe, es ist nur so eine Scheiße, wie sie riecht", sagt Akin voll Zorn.

„Ich helfe dir, Akin. Es wird bestimmt kein Vergnügen sein, den Stahl aus dem verbrannten Fett zu ziehen."

„Das wirst du auch müssen", wirft mir Akin mit einem Lächeln zu.

Mit Zangen, die Akin zu seiner Schmiedearbeit braucht, ziehen wir die Stahlplatte aus dem durch die zugefügte Hitze vergorenen Schweinefett.

„Jetzt kannst du dein Griebenschmalz machen", sage ich zu Akin zum Spaß, der darauf nur abfällig in eine Ecke seiner Schmiede spuckt. „Leck mich", bekomme ich als Antwort und werfe ihm ein Lächeln zu. Akin erwidert dies und freut sich ebenso wie ich, die Stahlplatte nun auch in den Händen halten zu können.

Sie ist kalt. Kälter als alles Metall, das ich je in den Händen hatte.

„Das ist Stahl, Akin. Stahl. Viel härter als Eisen, wie du es vorher kanntest."

Akins Augen glühen wie die Kohlen in seiner Esse, die er mit seinen Blasebälgen bläst. Er hält die Platte in seinen Händen und misst sie mit seinen muskulösen Armen.

Man kann sie biegen. Nicht stark. Aber sie lässt sich biegen und geht wieder in ihre Form zurück.

„Eisen lässt sich auch biegen, aber bleibt dann so. Ist es das, das du mir gelehrt hast?"

„Ja, Akin. Das ist Stahl. Der Kohlenstoff und die vielen Lagen, die du geschmiedet hast, machen es aus."

„Und du hast es mir gezeigt … Ich bin dir ewig dankbar dafür. Ich gebe zu, ich habe an dir gezweifelt, aber jetzt …"

„Vergiss es Akin. Ich brauche deine Kunst und du auch.
Komm, reinigen wir die Platte mit dem Flusssand. Es strotzt ja nur so voll Fett."

„Ja, und dann holen wir uns vom Bräu ein Fass Bier. Das haben wir uns verdient."

Am Fluss angelangt sehen wir, wie Ehino entlang der Wiese etwas sucht.

Ich rufe. „Ehino. Was suchst du?" „Ich suche nach deinem Salpeter, ich kann ihn nirgends finden, ich habe dich belogen."

„Ehino, komm zu uns. Den Salpeter findest du nur an den alten Bäumen, die schon verkommen sind, nicht in der Wiese."

„Du kannst gerne noch einmal auf die Suche nach dem Salpeter gehen. Wir brauchen dich, du kennst dich aus im Wald."
Etwas beschämt sagt Ehino: „Das werde ich, gerne. Aber …"

Voll Freude nehmen wir Ehino in die Arme. „Bleib jetzt da. Wasche mit uns die Metallplatte rein, und dann komm zu uns in die Schmiede, wir haben heute etwas zu feiern."

„Was heißt das?", fragt Ehino. „Das heißt, dass du heute mit uns das begießen kannst, was wir erreicht haben, und ich werde euch heute alles erklären, was ich vorhabe, um die Munalis zu besiegen."

„Du warst dabei, als die Munalis die Schmiede umkreisten, wir den Stahl geschmiedet haben und jetzt bist du soweit, einen ordentlichen Schluck Bier zu dir zu nehmen."

Am noch glimmenden Schmiedefeuer legt Akin einen Rost an.

„Was machst du damit?", frage ich Akin. „Ich richte für einen ordentlichen Braten an."

„So? Dann widersagst du also auch den Gesetzen der Munalis?"
„Und ob", sagt Akin. „Die können mich ... „
„Woher hast du das Fleisch?" „Ein Schmied lebt im Wald, und was da fleucht und kreucht, ist seine Sache. Und der Wald ist sein Feld."

Aus dem Erdkeller, den Akin unter seiner Bleibe neben der Schmiede hat, zieht er einen geräucherten Wildschweinschenkel hervor.
„Den habe ich als Vorrat. Er soll uns als Braten dienen. Geräuchert habe ich ihn an der Schmiede bei der Arbeit."

Akin wirft den Wildschweinschlegel auf den Rost, dass es nur so scheppert.
Gleich brutzelt das Fleisch unter der glühenden Holzglut.

„Fremder, oder wie ich dich nennen soll, stich ab und zu in das Fleisch, damit es durch wird, wir haben Hunger. Ich muss mich um das andere Wohl kümmern."

Als ich in den saftigen Schlegel steche, tritt süßlicher, fleischiger Rauch auf. Der Duft von den Kräutern, mit denen Akin den Schlegel offenbar aufbewahrt hat, erfüllt die Schmiede, in der wir unsere Errungenschaft feiern wollen. Waldkräuter, frische Fichtentriebe, die in ihrem frischen Grün erblühen und den herrlichen honigen Duft, den sie an die Kruste des Fleisches abgegeben haben und sie nun am Schmiedefeuer zuletzt entfachen.

Mit einem kräftigen Schlag öffnet Akin das Fass, das wir uns vom Bräu im Dorf geholt haben.
Anfangs spritzt und schäumt das Bier noch aus der Zapfung. Doch nach dem Öffnen des Hahnes läuft gutes, frisches Bier aus dem Hahn, das wir in Akins Krüge füllen.

Beim Prosten nimmt Ehino so einen kräftigen Schluck, als hätte er seit Tagen nichts mehr zu trinken gehabt. „He", sage ich. „Langsam, junger Mann, sonst geht dir bald die Luft aus."

Den Wildschweinschlegel übergießen wir noch einmal mit unserem Bier und nehmen ihn nach einiger Zeit von der Esse, in der er reichlich gegart hat.

„Jetzt wird gegessen", sagt Akin. „Das lassen wir uns nicht nehmen. Die Munalis gönnen es uns nur nicht, weil sie selber nichts zu sich nehmen können …"

„Seid still", sagt Ehino. „Ich höre Flügelschlagen."

„Macht die Fenster zu und schließt die Dachluken. Das Schmiedefeuer gibt uns genügend Licht. Dann setzen wir unseren Schmaus fort."

„Die Munalis werden es riechen", meint Ehino. „Dann sollen sie", sagt Akin. „Wir werden sie mit einem Rohrstecken vernichten", nickt mir Akin zu in seiner Bierlaune.

„Ja", sage ich, „Akin. Das werden wir."

„Esst. Und macht euch stark für die, die uns unterjochen, seit Generationen, und doch nur Rauch und Feuer sind."
„Ja. Kalter Rauch und Feuer, der dich erstarren lässt, aber nicht das Feuer, das wir ihnen entgegenbringen werden."

„Mit deinem Rohr? Ja, mit dem Rohr, das du mir geschmiedet hast."

„Wird schon schiefgehen! Machen wir weiter, wie wir es angefangen haben."

„Dann lasst uns feiern."

„Das schmeckt", sagt Ehino. „So gutes Essen habe im Wald nicht." „Ja, besser als Ratten und Igel auf alle Fälle, die du sonst vertilgst." Akin zieht es vor, sich ordentlich an dem Fass Bier zu bedienen. Der sichtlich einiges gewohnt ist.

Innerhalb kürzester Zeit haben wir den Wildschweinschlegel verschlungen und werfen den Knochen in die Glut der Esse, wo er zischend und qualmend selbst zur Glut wird und schließlich in weiße Asche zerfällt.

„Da, Munalis", schreit Akin voll Übermut, greift in die Asche, geht vor die Schmiede und wirft sie in die Luft. „Hier habt ihr was zu fressen, was anderes bringt ihr sowieso nicht runter ..."

Großes Gelächter bricht aus uns heraus und wir drei klatschen uns gegenseitig auf die Schultern, als hätten wir schon die Hälfte unseres Vorhabens geschafft.

Stolz darüber, bei unserer Feier dabei zu sein, schenkt uns Ehino gehörig die Becher nach, sowie sich selbst auch. Der dritte Becher Bier hat ihm allerdings nicht gutgetan, da er plötzlich aus der Schmiede rennt, die Hand vor seinem Mund gehalten.

Akin und ich lassen Ehino seine Durft verrichten und halten uns an unser Wohl.

„Ich habe zu viel Bier", sagt Akin. „Fremder, ich vertraue dir. Wem sonst? Du bist dir deiner Sache sicher. Ich habe nichts mehr zu verlieren und Ehino sehe ich jetzt als meinen Sohn an."

Ich lege mich neben die Schmiede, da ist mein Schlafplatz in so lauen Nächten. „Macht es euch bequem und wenn mir ein Munalis heute noch in die Quere kommt ...“, sagt Akin, während er schon beim Einschlafen ist.

„Ein sehr starker Mann“, sage ich zu Ehino, der nach seiner Ernüchterung einen Schlafplatz neben mir sucht.

„Schlaf gut, junger Mann“, sage ich zu Ehino. „Du wirst ein ganzer Mann, das spüre ich.“

Früh morgens rüttelt Akin mich auf. „Komm, wir müssen nach dem Zulauf des Baches schauen. Ich höre, es kommt nicht genügend Wasser.“

„Ja, Akin. Das wird uns guttun, am liebsten würde ich hineinspringen, um meinen Kopf abzukühlen.“
„Das kannst du ja. Bis zum Bauch müssen wir sowieso hinein, um die Schleuse wieder freizumachen.“

Nach einem halben Tag haben wir die Schleuse, die die Abzweigung vom Bach zum Zulauf zu der Schmiede bildet, wieder frei.

Dreck, Steine und Morast haben den Zulauf so verlegt, dass fast kein Wasser mehr zugelaufen wäre.

„Wie oft musst du das machen, Akin?“

„Einmal im Monat ungefähr. Ich nutze das dann, mich mal zu waschen.“

Wieder angelangt an der Schmiede, legt Akin den Riemen seiner Schleifscheibe an. Angetrieben durch das Wasserrad, das unweit der Schmiede im Bach steht, wenn nötig verbunden, mit eben diesem Riemen die große steinerne Schleifscheibe dreht, um den von ihm geschmiedeten Äxte und Werkzeuge den letzten

Schliff zu geben. Anfangs roh, dann im Takt des Mühlenrades, bewegt sich die riesige Steinscheibe, die neben der Schmiede steht, um das Metall zu schleifen.

Die Unebenheiten, die während des Schmiedens und Härtens entstanden sind, kann er damit beseitigen, um den Werkzeugen und Klingen Glätte geben.

In einer Schale, die mit Wasser gefüllt ist, bewegt sich der Schleifstein zu einem Drittel darin, um den Abrieb vom Stein zu lösen.

Außerdem erhält das Metall einen feinen Schliff, da das mitgeführte Wasser den Stein geschmeidig über das Metall gleiten lässt.

„Eine Frage der Technik", antwortet Akin, als er gekonnt Werkstück für Werkstück über den Stein führt.

„Ja", sage ich, „und der Erfahrung."

„Willst du es probieren?" „Natürlich."

Gehemmt vom geschulten Auge Akins nehme ich eine roh geschmiedete Axt in die Hand.

„Nein. Probier' es hiermit", sagt Akin, der mir eine grob vorgeschliffene leichte Axt in die Hand drückt. Versuche hier, eine vernünftige Schneide hinzubringen.

Nichts leichter als das, Akin. Zuerst prüfe ich die Laufrichtung des Steins, dann drücke ich das Metall leicht auf den Stein.

Ein Rattern des Werkstücks kommt mir entgegen, so dass ich es kaum noch halten kann.

„Dein Stein ist unwuchtig, Akin. Und rau." „Was? Mein Stein soll unwuchtig sein?" „Ja, du musst ihn abziehen." „Und wie?" „Mit einem harten Stück Holz."

„Du schon wieder mit deinem Holz …"

„Lass mich das machen." Neben der Esse suche ich mir ein starkes Stück Buchenholz, das ziemlich gerade scheint.

Das halte ich möglichst gleichmäßig dem Stein entgegen.

„Jetzt schleift er Buchenholz. Für wie blöd hältst du mich eigentlich? Verdammt noch mal", flucht Akin und geht aus der Schmiede.

„Wirst schon sehen, du alter Schlaumeier."

„Der versaut mir meinen ganzen Schleifstein", murrt Akin.

Nach einiger Zeit wird die Oberfläche des Steins glatter und die Riefen, die durch das Schleifen des rohen Metalls entstanden sind, verschwinden.

Plötzlich steht Ehino hinter mir. „Was machst du da?"

„Schau zu. Du bist noch jung und kannst noch was lernen, nicht so wie der sture Bock …"

„Sei ihm nicht böse. Er fühlt sich halt in seiner Schmiedeehre verletzt."

„Kann er ja, er hat mir aufgetragen, eine gute Schneide hinzubringen, und das werde ich."

Ehino, nimm die Schale mit dem schmutzigen Wasser, gieße sie in den Bach und hole mir frisches Wasser.

„Wenn du das willst?" „Ja, bitte mach das."

Ohne die Schale kann ich den Rundlauf der Steinscheibe gut betrachten.

„Akin, sie ist schon viel runder geworden." „Lass mir meine Ruhe", bekomme ich nur zu hören.

„Ich sauf' mir jetzt einen an, kann dein Geschwätz nicht mehr hören."

„Gut, mach das, aber lass mir auch noch was über für nachher."
„Pah, hol dir selber was …"

Als Ehino mit dem frischen Wasser kommt, ziehen wir den Stein noch einmal in Ruhe ab.

Geschmeidig, geradlinig und mit feiner Oberfläche erstrahlt jetzt die Schleiffläche des Steins.

„Ehino, gib mir jetzt den Axtkopf. Jetzt fertigen wir die Schneide."

Ohne Rattern lässt sich nun die Schneide schleifen. Fein ist der Abrieb des Metalls und durch mehrmaliges Anschleifen der Schneideseiten erzielen wir ein gleichmäßiges Ergebnis.

Als sich beide Schneideseiten treffen, nehmen wir noch einen feinen Ölstein, den Akino in seiner Schmiede hat, und ziehen die Grate, die sich immer wieder bilden, beim Schleifen der letzten Seite sauber ab.

„Hast du Papier oder Stoff da?", rufe ich Akin zu, der auf den Stufen seiner Schmiede sitzt und sich mehr dem Bier zugewandt hat, als sich etwas zeigen zu lassen.

„Bin ich ein Schreiber oder ein Schneider? Einen Fetzen Leder kann ich dir anbieten, wenn das recht ist." „Und wie. Her damit."

„Ehino, hol das Leder." Ausgebreitet über der harten Werkbank führen wir die Schneide darüber.

„Akino, komm", ruft Ehino. „Die Axt schneidet wie, ja besser wie ein Messer."

Behäbig erhebt sich Akino von den Stufen. Nimmt noch einmal einen beherzten Schluck und begibt sich langsam in die Schmiede und nimmt die beiden Lederhälften in die Hand.

„Das müsst ihr mir noch einmal zeigen."

„Hier Akin, schneide selbst."

Mit wackliger Hand nimmt Akin die Axtschneide in die Hand und führt sie über das Leder.

„Schneiden wir hier Butter oder was?" Akins Zorn ist sofort verflogen und er begutachtet die Axtschneide.
    „Jetzt zeig mir meinen Schleifstein und wehe du hast ihn …"
    „Komm mit und schleife selbst, du bist hier der Meister", antworte ich, um ihn bei Laune zu halten.
    Mit den Fingern fühlt Akin den Stein an. „Er ist … Er ist gleichmäßiger und feiner."

„Habe ich dir doch gesagt, du alter Sturkopf."

„Leg den Buchenstock zu meinen Werkzeugen, ich werde mir das merken. Und jetzt komm, ich habe noch Bier da."

Ehino winkt ab und verschwindet in den Pritschen in der Schmiede. Oh, da braucht einer noch eine Zeit, bis ihm wieder mal ein Bier schmeckt …

„Ja Akin, aber mir kannst du jetzt schon was abgeben, damit wir uns wieder vertragen."

„Das werde ich, mein Freund." Still nehme ich das Kompliment an, das mir Akin gerade in eher grober Weise hingeworfen hat.

Bis zu den Morgenstunden dauert unsere „Versöhnung".

Rotglühend geht die Sonne über der Schmiede auf. Schemenhaft versteckt hinter Nebelwolken bringt sie uns das erste Licht des Tages.

„Siehst du“, sagt Akin, „der Herbst läutet sich ein. Die Zeit der Munalis. Das ist ihre Zeit, wo sie sich hinter den Nebelwolken verstecken, um sich uns schleichend zu nähern, um ihre verteufelte Macht auszuspielen.“

„Ja, Akin. Den Sommer über hatten wir mehr oder weniger Ruhe vor ihnen, aber jetzt …“

„Willst du uns nun sagen, was du mit deinem Rohr vorhast?“ „Ja Akin, das werde ich jetzt. Es ist nun Zeit, euch einzuweihen, wie wir uns verteidigen müssen und wie ich es mir gedacht habe.“
Aber ohne das Schloss am Anfang des Rohres?

„Meinst du das?“, sagt Akin und greift in seine Tasche.

Anfangs höre ich ein Klackern, als Akin in seine Tasche greift.

Er hält mir ein rundes Metallstück entgegen, das an der Hinterseite eine kleine Metallplatte aufweist.
Durch das geringe Tageslicht betaste ich den Gegenstand. „Akin? Was ist das?“

„Ich habe mir auch Gedanken gemacht“, sagt Akin. „Ein Schloss für ein Rohr kann nur bedeuten, dass du es hinten verschließen möchtest. Und da ich auch denken kann, habe ich zwei Schellen angebracht, mit denen wir das Schloss fest anbringen können.“

Erst jetzt bemerke ich, dass Akin zu der festen Platte hinten am Schloss noch zwei feststellbare Verschlüsse angebracht hat.

„Du bist ein Meister deines Fachs, Akin.“

Begeistert von Akins Idee hole ich das geschmiedete Rohr und wir verbinden es mit dem Schloss, das Akin gefertigt hat.

Es passt wie angegossen.

Während Ehino noch schläft, nehmen wir die Zutaten, die er uns aus dem Wald gebracht hat, und vermengen sie miteinander.

„Leider sind sie noch sehr feucht, Akin. Wir legen sie neben die Schmiedeesse, da können sie trocknen. Lieber nicht, Akin. Deine Schmiede könnte hier in Rauch und Asche untergehen."

„Wie? Was hast du da für ein Teufelszeug?" „Das werde ich dir zeigen."

Vorsichtig bringen wir eine erste Mischung unseres Gesätzes in das Rohr ein. Du musst es nach und nach leicht hinein stopfen Akin, aber nicht zu fest, sonst glüht es nicht durch.

Akin füllt bedacht Menge um Menge in das Rohr. „Akin", sage ich, als das Rohr nicht einmal halb voll ist, „für den ersten Versuch genügt es. Sehen wir erst einmal, was es für eine Wirkung hat."

Gut, dass Akin einen festen Schraubstock außerhalb seiner Schmiede hat. Im fahlen Morgengrauen befestigen wir hier das geladene Rohr, verschließen das Schloss und suchen uns eine freie Stelle, um eine weite Schussstelle zu haben.

„Was nun?", fragt Akin.

„Jetzt kommt es darauf an, ob wir gut gearbeitet haben. Akin, hol einen dürren Ast aus deinem Holzlager und lass ihn in der Esse gut durchglühen. Er soll brennen, wenn du ihn bringst. So wollen wir unser Machwerk entzünden."
Nach kurzer Zeit kommt Akin mit einem brennenden Fichtenast und wir halten ihn unter das eingespannte Rohr, direkt unter dem Schloss.

Es dauert einige Zeit, bis sich das Rohr erwärmt. Doch dann wird es rotglühend und wir gehen langsam in Deckung.

Plötzlich tritt die Zündung ein und ein meterlanger Feuerstrahl tritt aus dem Rohr nach vorne aus.

Unbändig heiß und mit einer Wucht, die eine Helligkeit bringt, die den Nebel förmlich auseinanderreißt.

In der Richtung liegendes Heugras wird sofort entzündet und wir haben alle Mühe, es auf die Schnelle zu löschen.

„Verdammt noch mal", bricht es aus Akin hervor, „wir haben das Feuerschwert erfunden. Wir bringen einen Zünder am Schloss an und dann ..."

Voller Eifer löst Akin das Rohr aus dem Schraubstock und nimmt es noch glühend in die Hand. „Das ist es. So werden wir die Munalis bezwingen. Mit dem haben sie nicht gerechnet.

Wir werden ihr kaltes Dasein mit unserem Feuer schmelzen lassen."

„Gleich heute werde ich beginnen, mehrere Rohre zu schmieden, und jedes wird besser werden."

„Denk an das Schloss, Akin, und an den Zünder, den du fertigen möchtest."

„Lass das meine Sorge sein."

„Ich bin mir sicher, du machst das sehr gut."

Plötzlich tritt verschlafen, aber doch erstaunt, Ehino vor die Schmiede. „Was war das? Munalis?"

„Nein Ehino. Leg dich noch etwas hin. Dann sagen wir dir, was wir noch alles aus dem Wald brauchen. Das ist deine Aufgabe, und zusätzlich sollst du auch das Schmiedehandwerk lernen."

Ohne ein Wort zu verlieren, verkriecht sich Ehino wieder in der Schmiede.

„Lass dem Jungen noch etwas Zeit", rate ich Akin. „Das werde ich, er muss sich erst daran gewöhnen, ganz in der Schmiede zu leben."

„Das wird er nie. Er wird immer den Wald in sich haben, den er braucht, um wieder zu sich zu finden, aber du wirst ihm immer mehr geben können, wenn du ihn als deinen Sohn annimmst und ihn mit der Schmiedekunst vertraut machst."

„Die Zeit gebe ich ihm. Sehr gerne sogar. Lieber habe ich einen Waldjungen, als einen Dorfbuben. Bei mir muss einer hinlangen können …"

„Ja, ja, Akin, übertreibe nicht …"

„Ich denke, Akin, wir brauchen auch noch eine Mütze Schlaf, bevor wir uns weiter ans Werk machen."

„Hast recht, legen wir uns vor der Schmiede ins Gras. Die Herbstsonne, die jetzt fast voll da ist, wird uns guttun."
    „Das machen wir, in ein paar Stunden sind wir wieder die Alten."

Nach kurzer Zeit höre ich Akin laut schnarchen. Ja, Akin, jetzt blase dein Bier raus, was du die letzte Zeit rein gesoffen hast. Das wird dir nicht schaden.

Entspannt lege ich mich ins Gras und denke über die letzten Tage, Nächte nach, als ich im Halbschlaf nahe der Schmiede etwas rascheln höre.

Schlaftrunken und geschwächt von den letzten Tagen, meine ich, ein Hase oder sonst ein Waldtier würde an unserem Schlafplatz vorbeikommen, was mitten im Wald keine Besonderheit wäre.

Plötzlich schrecke ich hoch und sehe gerade noch einen Schatten, der um die Schmiede schleicht.

Ehin!

Er sucht uns heim.

Ehin, der Verräter.

Ehin, der mir zwar meine Wunde geheilt hat, aber da schon, obwohl ich es nicht ahnen konnte, den Munalis Bescheid gab, dass ich da bin. Die ganze Zeit hat er sich still verhalten, wird uns wahrscheinlich immer beobachtet haben, und hat in seinem zwiespältigen Hirn nur spekuliert, wie er uns belauschen, aus-spionieren und verkaufen kann, damit er gut dasteht vor denen er immer schon den Buckel beugt.

So schießt es mir in Sekunden durch den Kopf. Seine Frau, Ehinos Mutter, haben die Munalis mit ihrem kalten Feuer zu Tode gebracht. Nur um ihrer Macht Willen. Ehino konnte flüchten und ist seinem fanatischen Vater gerade noch ausgekommen und ist zum Waldbuben geworden.

Jetzt sucht Ehin um unsere Behausung herum, da es ihm immer noch nicht reicht, was er getan hat. Die Munalis, die Weiteres von ihm verlangen oder er sich verpflichtet, fühlt, uns zunichte zu machen, um den Munalis zu gefallen.

Dabei verfällt er immer mehr der Herrschaft der Munalis und sinkt immer weiter in seiner Unterwerfung.

Leise erhebe ich mich von meinem Schlafplatz. Linksherum nähere ich mich dem Eingang der Schmiede.

Gerade entzündet sich noch ein Kohlestück in der Esse.

Fahl sehe ich im Glutfeuer Ehins Gesicht, das um Jahre gealtert ist. Verzerrte und faltige bleiche Haut, Lippen, die seine spitzen Zähne nicht mehr umschließen. Er starrt auf unser Schmiedegut. Wiegt es in den Händen hin und her und flüstert unverständliche Worte.

Aus sicherer Entfernung spreche ich Ehin an. „Was willst du hier? Du gehörst hier nicht her!"

Fauchend dreht sich Ehin um. Sein verfaultes Gebiss fletschend gegen mich gerichtet und animalische Geräusche ausstoßend. Der Gestank seines Atems dringt bis zu mir vor.

„Du!! Du!! Du weißt nicht, was du tust", stößt er mit dunkler monotoner Stimme aus. „Die Munalis sind unsere Herren und wir haben ihnen zu gehorchen. Und jetzt wirst du sehen, was das zu bedeuten hat."
Mit einem Sprung setzt Ehin auf mich zu und wirft mich zu Boden. Mit archaischer Kraft drängt er nach meiner Kehle, sie mir aufzureißen, um mich endlich beiseite zu haben.

Seine Hände, die zu Krallen geworden sind, bohren sich mir in die Brust. Kratzend und suchend nach dem Biss in meine Kehle wütet Ehin über mir wie ein tollwütiges Tier.

Mit letzter Kraft werfe ich Ehin in eine Ecke der Schmiede. Gekonnt rollt er sich ab wie ein Tier, das immer wieder auf die Füße fällt.

Liegend am Boden sehe ich, wie sich Ehin vom Boden erhebt und mich erneut attackieren will, als er plötzlich stehend zusammenbricht.

„Akin, Akin, warst du es?", frage ich, benommen von dem Kampf, als ich sehe, wie Ehin der Schürhaken von hinten durch die Brust stakt und er sterbend zusammenbricht.

Röchelnd und verendend liegt Ehin am Boden der Schmiede. Einen letzten verhassten Blick mir zuwerfend haucht er sein elendes Leben aus.

Im Schein des Essefeuers steht Akin da. Beugt sich zu dem zu Boden Geschmetterten nieder und zieht den Schürhaken aus seinem leblosen Körper.

„Viele gute Menschen haben den Tod erleiden müssen durch diesen Schurken. Daher rührt es mich wenig, ihm jetzt den letzten Schlag versetzt zu haben."

„Nehmen wir ihn und tragen wir ihn in den Wald hinaus, wo ihn die Tiere zerreißen sollen, wenn ihnen nicht vor seinem stinkenden Fleisch graust. Mehr hat er nicht verdient", flucht Akin, und wirft den Schürhaken mit schier unmenschlicher Kraft gegen die Mauer der Schmiede, dass die Funken sprühen und die Mordwaffe an der Wand abprallt und wie ein Geschoß quer durch die Schmiede fliegt.

Ehino steht zitternd und fassungslos da und stammelt, „Er, Er war mein Vater ..."

„Ehino – ab dem Tag, als er sich mit den Munalis einließ, war er nicht mehr er selbst. Sie haben ihn in ihren Bann gezogen – benutzt."

„Wenn nicht er, so hätten sie sich ein anderes Opfer gesucht."

„Dafür muss man aber erst einmal bereit sein", wirft Akin ein.

„Als er meine Wunde versorgte, war noch ein Funken Menschlichkeit in ihm. Dann nicht mehr."

„Er war schon zur Hälfte ein Dämon. Es hätte nicht mehr lange gedauert und der Schürhaken hätte nicht gereicht, um ihn zur Strecke zu bringen", so Akin.

„Du bist jetzt bei uns, Ehino."

Ohne ein Wort zu verlieren, wischt sich Ehino die Tränen aus dem Gesicht und flieht aus der Schmiede in den Wald.

„Ehino! Ehino! Bleib hier! Wir …“, ruft Akin.

„Lass ihn. Er muss seinen Schmerz alleine bezwingen. Da helfen keine tausend Worte. Das macht es nur noch schlimmer.“

„Verdammt noch mal“, stöhnt Akin.

„Ich musste es tun. Er wollte dir den Hals aufreißen. Wie ein Wolf. Beruhige dich, er war kein Mensch mehr.“

„Es geht mir nicht um Ehin. Ich habe schon lange darauf gewartet, ihn zur Rechenschaft zu ziehen. Am liebsten hätte ich ihm noch seinen dreckigen Kopf abgehackt.
Aber wenn die Leute im Dorf erfahren, dass ich ihn auf dem Gewissen habe …“

„Darüber brauchst du dir keine Sorgen machen, Akin. Die Dörfler haben genug Probleme und sind eingeschüchtert wie Hasen. Die schauen und hören lieber weg. Hast ja gesehen, wie sie hinter halb verschlossenen Fenstern rausschauen und sich nicht auf die Straße trauen.“

„Außerdem wissen bestimmt die meisten Dorfbewohner, dass Ehin mit den Munalis im Bunde war und seine Seele schwarz und vergiftet war. Zu oft hat er sich verraten. Warum ließ sich keiner im Dorf mehr von ihm behandeln?“

„Sie werden froh sein, dass er nicht mehr im Dorf herumschleicht und sie seine bösen Blicke und sein Gehetze aushalten müssen.“

„Ich bin dir großen Dank schuldig, Akin. Du hast mir das Leben gerettet.“ „Ja, und du hast mich das Rohr schmieden gelehrt“, entgegnet Akin kühl und reicht mir seine rechte Hand. „Das hat mit dem einen oder anderen nichts zu tun.“ „Und ob. Sie haben angefangen. Wir machen unseren Weg, sonst wird es immer so weitergehen oder noch schlimmer werden.“

„Auch wenn dies nicht zustande gekommen wäre, hätte ich früher oder später Ehin für das, was er mir angetan hat, bestraft. Jetzt ist die Sache erledigt."

„Komm, bringen wir es hinter uns und entledigen wir uns von Ehin endgültig. Der Wald ist groß und ich habe keinen Respekt vor seinen Überresten."

„Wir sollten ihn begraben, wende ich ein. Ja. Das sollten wir."

Im Wald finden wir eine geeignete Stelle, in der wir Ehin zur Ruhe der Erde übergeben. „Er wird jetzt, hoffe ich, auch Ruhe finden", entgegnet Akin und schleift einen großen Stein über der Stelle, wo wir ihn beerdigt haben. „Friede sei mit dir. Danu, Mutter Erde, wird über dich wachen und deine Seele wieder rein machen im Sog der Zeit und des Vergehens." So verlassen wir die Stelle im Wald.

Wieder an der Schmiede angelangt, hören wir leichtes Hämmern. Im Eintakt.

„Ehino. Er nimmt es an, Schmied zu werden", stößt es aus Akin voll Freude heraus. „Er hat uns verziehen."

„Los, komm. Ich will meinen Sohn beim Hämmern zu sehen. Wie froh bin ich, dass er nach Hause gekommen ist."
    Beim Eintritt in die Schmiede sehen wir, dass das Schmiedefeuer neu entfacht ist und Ehino, wie er auf einen Strang glühendes Eisen mit dem Hammer schlägt.

Den Schurz, den ihm Akin angefertigt hat, reißt er von der Stange und legt ihn Ehino ohne ein Wort zu sagen über.

„Mach weiter, Junge. Freunde dich mit dem Eisen und der Glut des Feuers an. So sollst du es lernen. Schlag um Schlag sollst du lernen, das Eisen von der Schlacke zu lösen. Du machst es gut."

Die darauffolgenden Tage verbringen wir damit, Holz zu schlagen für den anstehenden Winter. Baum um Baum fällen wir. Ehino betreibt den Holzkohlenmeiler, den wir neben der Schmiede angelegt haben, ihn mit vorjährigem Holz in Scheitern aufgerichtet haben, sie entzündet und dann mit Asche aus der Esse und Erde überhäuft haben.

Der Meiler glimmt dann einige Tage dahin. Immer wieder sticht Ehino mit einem langen Stecken in den qualmenden Haufen, um die Glut nicht ersticken zu lassen und eine gleichmäßige Glut des Haufens zu erlangen. Nach dem Ausglühen des Meilers entfernen wir die gehäufte Asche und Erde und entnehmen die Holzkohle, die vorher noch etwas mit Wasser besprenkelt wird, um den Brennwert der Kohle zu erhalten.

Nach einer Woche haben wir genügend Holzkohle, um den Betrieb der Schmiede aufrechtzuerhalten. Das geschlagene Holz spalten und stapeln wir, um nächstes Jahr wieder genügend abgelagertes Holz zu haben, um wieder Kohle gewinnen zu können und den Meiler erneut aufrichten zu können. Einen großen Teil des Holzes legen wir als Brennholz zurück. Vor allem Äste und dürre abgestorbene Baumteile eignen sich gut als Brennholz.

GANG INS DORF

Der Herbst schreitet immer weiter voran. Gut, dass wir unseren Holzvorrat schon so gut wie unter Dach und Fach haben.

„Akin? Wie schaut es mit den Essensvorräten aus? Müssen wir nicht wieder einmal im Dorf unsere Vorräte aufbessern?"

„Ja, das müssen wir, obwohl ich einige Scheu habe, dort zu erscheinen."

„Ich gehe. Gib mir Äxte und Messer mit. Ich versuche, Tauschgeschäfte zu erledigen."

„Dann mach das. Ich bin froh, wenn ich von denen keinen sehe", gibt mir Akin entgegen, der sichtlich erleichtert ist, nicht ins Dorf gehen zu müssen.

Bepackt mit einem Handwagen mit Schmiedegut gehe ich in Richtung des Dorfes.

Am Markstein angekommen, liegt ein gut besuchter Markt vor mir. Gemüse und Getreideständer halten ihre Ware feil.

Erst im Frühjahr war hier der Überfall der Munalis, und jetzt blüht das Dorfleben schon wieder voll auf.
    Froh darüber suche ich mir einen Platz zwischen den anderen Ständen und Dorfleuten, um die Schmiedeware anzubieten.
    Mit großem Interesse kommen mir Dorfleute sowie Händler entgegen, um meine Ware zu begutachten.

„Woher hast du so gute Schmiedeware?", fragt mich ein großer mächtiger Mann, bevor ich meinen Stand aufgestellt habe.

„Wir machen diese Stücke in unserer Schmiede im Wald", antworte ich ihm.

„Gute Ware", antwortet er mir, „aber wofür brauchst du so scharfe Messer und Äxte?"

„Was geht es dich an?", antworte ich. „Die Äxte zum Holzschlagen und die Messer ..."

„Zum Rübenschneiden, meinst du?" „Ja genau, oder frisst du sie mit der Wurzel?"

Mit nachdenklichem Blick verlässt der Unbekannte meinen Stand. So ein Schlaumeier, denke ich mir. Bin ich froh, wenn ich wieder im Wald in der Schmiede bin.

Die Dorfleute begutachten die Stücke, die ich mitgebracht habe und wägen die schwer geschmiedeten Teile in der Hand.

Wie ein Marktschreier teile ich den Leuten mit: „Äxte ohne Stil 3 Kons, mit Stil 5 Kons.
Messer je nach Größe 3 bis 5 Kons."

Der Handel läuft bestens und ich wundere mich, woher die Leute so leicht ihr Geld herhaben. Einige bezahlen auch mit Lebensmitteln, die ich gerne entgegennehme und den Gegenwert gut einschätzen kann, als plötzlich Ehino erscheint und mir von hinten auf die Schulter schlägt.

„Du musst weg. Anhänger der Munalis haben bemerkt, dass ein Neuer auf dem Markt ist und da du ihnen ja eh ein Dorn im Auge bist, wollen sie jetzt einige schicken, um dich festzunehmen und noch mehr."

„Ehino, nimm das Säckchen mit den Kons und verschanze dich im Wald, wo dich niemand finden kann. Komm nach ein paar

Tagen wieder in die Schmiede, wenn keine Gefahr mehr besteht. Ich nehme unsere paar Stücke noch mit und werde entgegen der Schmiede auch in den Wald flüchten. Wir treffen uns nach einiger Zeit in der Schmiede wieder."

Als ich die besten Stücke zusammenpacke, gibt mir eine Frau, die unseren Diskurs gehört hat, ein dickes Kopftuch, das wohl so lang ist, dass man es fast über den ganzen Körper ziehen kann.

„Ich danke dir", entgegne ich der Frau und gehe schnurstracks über den Marktplatz. Entgegen kommen mir in schwarze Lederrüstungen gekleidete Männer mit Helmen, Armbrüsten im Anschlag gehalten. „Wo ist der Schmied?", fragen sie die Leute, die bei jeder Frage die Köpfe einziehen und verschüchtert zu Boden sehen.

Als sie mich fragen, deute ich in die andere Richtung, aus der ich gerade komme.

„Den Schmied, bringt mir den Schmied, schreit ihr Anführer."

Schnell verteilen sich die Soldaten in alle Richtungen. Dank des Kopftuches, das mir die unbekannte Frau gegeben hat, versuche ich, den sonderbaren Kerlen so gut wie möglich zu entkommen.

Als ich meine, den Waldrand schon erreicht zu haben, stehen drei der Munalis-Soldaten vor mir und versperren mir den Weg.

„Was hast du in dem Ziehwagen." „Gemüse, das ich auf dem Markt gekauft habe", antworte ich, das Kopftuch weit über den Kopf gezogen.

„Zeig her, fordert mich einer der Soldaten auf."

„Pest, lasst mich, die Pest ..."

„Darum hast du dich so eingemummt!", flucht einer der Soldaten. „Lasst die Alte in den Wald hinein, wo sie hingehört. Fasst
sie nur nicht an. Weg mit dir, du Pestbeule."

Sofort löst sich die Sperre der Soldaten auf, die mir den Weg in
den Wald verwehrt hätten. Gebeugt und mit schleifendem Fuß
verlasse ich den letzten Wegstreifen des Dorfes und gebe mich
in die Obhut des Waldes.

Jetzt nur keinen Fehler machen, denke ich mir und behalte die
gebückte Haltung bei, bis ich mir sicher bin, dass kein Munalis-
Soldat mehr nach mir suchen wird.

Angelangt an der Schmiede, steht Akin am Eingang und schaut
verwundert auf die seltsame Erscheinung. „Was willst du hier?",
fragt Akin.
   Erst als ich das Kopftuch von mir werfe, erkennt mich Akin.
„Du bist es ... Muss man jetzt schon ein altes Weib spielen, damit die Leute was kaufen?"

„Nein Akin, aber beinahe hätten mich die Lakaien der Munalis
geschnappt. Ehino hat mich gewarnt und eine Frau hat mir dieses Kopftuch gegeben, sonst wäre ich jetzt nicht da."

„Teufel auch, was für ein Glück. Wo ist Ehino?" „Er ist im Wald
mit einem Säckchen voll Kons und den Wagen habe ich voll mit
gutem Essensvorrat."

„Du bist ein elendiger Hund", lobt mich Akin. „Komm rein, ich
hab Lust auf Eier mit Speck, falls du nicht nur Rüben und Grau-
pen mit gebracht hast?"

„Da wirst du schauen, mein Freund. Stell die Pfanne auf den
Ofen und gib genügend Fett rein. Und hol auch noch zwei Glä-
ser, denn Wein und Schnaps habe ich auch dabei."

„Du bist ein elendiger Hund ... Dann lass uns essen."

Die riesige gusseiserne Pfanne, die Akin aufgestellt hat, füllen wir mit dem Speck und den Eiern, die ich vom Markt mitgebracht habe.

„Das wird ein Fest", freut sich Akin, der beim Umrühren in der Pfanne schon die Hälfte des Essens vertilgt. „Halte deinen Hunger in Zaum, Akin, sonst bekommst du umso weniger von dem Wein."
„Das wird sich zeigen", schmunzelt Akin, und greift nach der tönernen Flasche und nimmt so einen starken Zug, dass ihm der Wein vom Mund bis zur Brust läuft.
„Jetzt gib her und brate die Eier, sonst setzt es was."

Als ich ebenfalls einen starken Schluck aus der Flasche nehme, hören wir ein Pochen an der Türe der Schmiede. „Ehino! Lass ihn rein."

Als ich die Türe öffne, sehe ich Ehino mit letzten Kräften vor der Türe stehen, der in sich zusammenbricht. Sie, sie haben mich verfolgt. Zwei Tage lang.

„Komm herein, Junge. Hier ist das Säckchen mit Kons. Ich habe es bewahrt. Meine Grube im Wald war meine letzte Zuflucht. Gerade habe ich sie noch gefunden, bevor sie mich ..."

„Akin, setze Wasser auf, um Ehino zu waschen und zu wärmen."

Als wir Ehino von seinen zerfetzten Kleidern entledigen, sehen wir die Verletzungen, die er sich in der Flucht vor den Munalis-Soldaten zugezogen hat.

„Wir müssen ihn jetzt waschen und verbinden." „Ja", sagt Akin, „und er braucht zu essen. Da haben wir ja vorgesorgt."

Hastig nimmt Ehino die Nahrung, die wir ihm geben, zu sich. „Sie sind genauso wie die Munalis", flüstert Ehino in seiner noch immer währenden Angst. „Wie die Munalis …" „Iss Junge, iss. Du bist jetzt in Sicherheit." „Die Soldaten, die Munalis," stammelt Ehino, bis er vor Erschöpfung einschläft.

„Wir müssen jetzt etwas unternehmen", sagt Akin, als wir in der Schmiede sitzen und Ehino schlafend neben uns haben.

„Ja, das müssen wir. Wie viele Rohre hast du geschmiedet, Akin? Und hast du die Schlösser dafür gemacht?"

„Ja, ich habe zwölf Rohre gefertigt und ein Schloss wie das andere gemacht und den Salpeter habe ich gesammelt, als du im Dorf warst."

„Außerdem habe ich die Rohre zu einer Salve verbunden, womit wir die Feuerkraft bündeln können. Das ist die beste Idee, die du je hattest!"

„Dann lass uns das Gesätz in größerem Maß machen und uns auf unseren Gegenangriff vorbereiten."

„Ehino, hole uns den großen Ascheeimer, mit dem wir die verbrannte Kohle aus der Schmiede entnehmen. Leere ihn aus. Wir brauchen ihn jetzt. Lass aber noch eine kleine Menge der Kohle in dem Eimer."

Kurz darauf kommt Ehino mit dem Eimer, der noch einen kleinen feinen Teil an verglühter Kohle beinhaltet. „Ehino, hast du den Schwefel schon zu Pulver geklopft?" „Ja, habe ich, und den zerriebenen Salpeter habe ich auch teilweise beigegeben."

„Dann lass uns unser Gesätz machen. Ich gehe am besten so vor, wie wir es bei unserem Versuch zusammengesetzt haben, nur in größerem Maße."

„Ich vertraue dir", wirft Akin ein und wendet sich mehr seiner zwölfmündigen Kanone zu, die er noch einmal genau prüft.

Nach einiger Zeit denke ich, das Gesätz entspricht der Mengen, die wir vorher hatten, allerdings in vielfachem Ausmaß, die ich identisch angelegt habe. Zusätzlich gebe ich noch eine ordentliche Prise gemahlenen Salpeter dazu und ordentlich Schwefel.

Es soll nicht nur außerordentliches Feuer bringen, sondern auch stinken wie aus der Hölle, aus der sie kommen, und dafür wird der Schwefel sorgen.

„Akin, ich vermenge jetzt das Gesätz noch ordentlich mit deinem Schürhaken und dann kannst du unsere Feuerzunge schon mal stopfen ..."

„Ja, aber nicht, bevor ich sie auf unseren Leiterwagen gespannt habe, mit dem wir unsere Kanone fahren können, so wie du vor Kurzem unsere Schmiedeware."

„Ja, mach das."

Konzentriert füllt Akin mit einem Stock, an dem er eine runde Platte geschmiedet hat, die Rohre, die uns als Waffe gegen die Munalis dienen sollen.

Mit viel Gefühl stopft er Rohr um Rohr und gibt jedem Schloss, bevor er es verschließt, ein Stück trockenen Zunderschwamm hinzu.

„So werden wir eine Reihenzündung erreichen und ein Feuer entfachen, das noch keiner gesehen hat."

„Ja Akin, das ist unsere Chance, die Munalis zu bezwingen."

Während Akin an seinem Machwerk feilt, befrage ich Ehino, was er von den Munalis weiß, um uns auf einiges vorbereiten zu können.

„Ehino. Du weißt am besten, wie wir sie hervorlocken können. Wir müssen ihr Versteck, den Ort wissen, wo sie sich aufhalten. Wir können nicht darauf warten, bis sie wieder ein Dorf überfallen oder uns heimsuchen."

„In den Bergen", dringt es aus Ehino heraus. „In den Bergen halten sie sich auf. Hinter den Dörfern. Es gibt dort Höhlen. Sie sind unendlich tief und dunkel. Kein Mensch ist bisher darin eingedrungen. Es heißt, wenn ein Mensch dort in den Schatten der Sonne tritt, verliert er seinen Atem."

„Werden sie dann zu Soldaten der Munalis?" „Ja, daher kommen sie. Jetzt weiß ich, warum sie keine Menschen mehr sind und die Munalis sie dann zu den ihren machen …"

„Akin, hast du das gehört?" „Gut zu wissen. Ich kenne die Höhlen. Ich war vor vielen Jahren mit meinem Vater dort. Schon damals haben wir es gerade noch geschafft, den Versuchungen, die Höhlen zu erforschen, zu widerstehen. Etwas lockt dort, in die Höhlen zu gehen. Gold und Silber glänzt und schimmert einem entgegen. Allerdings erkannte mein Vater damals schon, dass es nur trügerischer Schein war."
   „Also lassen wir uns nicht locken von dem, was uns begegnen wird, und treten wir die Reise an." „Ich brenne darauf."

„In ein paar Stunden bin ich fertig mit unserer Waffe, dann können wir aufbrechen. Ich kann es nicht erwarten, die Teufel fertig zu machen."

„Akin, wir müssen auch noch Verpflegung und sonstige Sachen mitnehmen, so schnell werden wir nicht mehr nach Hause kommen. Ja, und die Schmiede gut versperren."

„Während wir unsere Sachen packen", rät Akin. „Legt auch gleich Gurt und Messer an und was ihr sonst noch als Handwaffen braucht. Beim ersten Lichtstrahl, der durch das Dachfenster der Schmiede scheint, werden wir aufbrechen. Eure gepackten Rucksäcke legt am Ausgang der Schmiede ab, damit wir sie gleich mitnehmen können.

Jetzt legt euch neben die noch glimmende Glut der Esse und lasst uns noch etwas Ruhe genießen."

Kurz nachdem wir uns hingelegt haben, hebt ein Wind an und wir vernehmen wieder Flügelschlagen, das die Dachschindeln zum erneuten Male hochfliegen lässt.

„Haltet euch still", warnt Akin. „Ein Munalis. Er schaut wieder nach, ob es uns überhaupt noch gibt. Uns und die Schmiede."

Mit sanftem Flügelschlagen lässt sich der Munalis auf dem Dach der Schmiede nieder. Schnaubend, riechend, suchend. Wir halten uns in unserer Schlafstatt neben der Esse still. Akin flüstert, hier kann er uns nicht riechen.

Scharrend an den Dachschindeln und wütend darüber, nichts Weiteres wahrnehmen zu können, erhebt sich der Munalis wieder mit einem Schnauben in die Lüfte und stößt einen grausamen Schrei aus.

Akin springt von seinem Lager auf und schmettert eine Axt, die er neben seinem Gelage stehen hat, mit voller Wut gegen das hoch gelegene Dach.

„Ihr Würmer, ihr Schweine, ich werde euch den Garaus machen, beim Blut meiner Frau und meines Sohnes. Ihr werdet brennen ..."

„Ja Akin, das werden sie."

Voller Wut reißt mich Akin zu Boden und schreit mich an: „Hast du Frau und Kind wegen diesen Scheusalen verloren?"

„Nein, das habe ich nicht."

Auf den Knien, seinen harten Griff, dem wohl keiner entweichen könnte, an der Kehle habend, liege ich da. Mit offenen Augen starre ich Akin an, der seinen Schmerz über den Verlust seiner Familie und den Hass über die Munalis in diesem Moment nicht fassen kann.

„Lass aus, bitte Akin. Lass aus.“

Langsam löst Akin den Griff an meinem Hals und mit einem Röcheln bekomme ich wieder Luft.

„Du, du hättest mich bald …“

Weinend bricht Akin zusammen. Den Kopf schwer gegen den Steinboden der Schmiede schlagend, nehme ich nur noch ein leises Wimmern von ihm wahr, als ich versuche, wieder aufzustehen.

Es fällt mir schwer, da der Griff von Akins prackiger Hand noch immer meinen Atem schnürt.

Als ich halbwegs auf den Beinen bin, setze ich Akin, der vor Leid auf den Ellbogen und den Knien kauernd auf dem Boden liegt, einen leichten Tritt mit dem Fuß, und sage:

„Steh auf. Früh morgens brechen wir auf.“

„Leck mich am Arsch“, entgegnet mir Akin …

Ehino, der den Zwist zwischen uns mitbekommen hat, liegt auf seiner Schlafstatt neben der Schmiede. Die Bettdecke fest über den Kopf gezogen, hat er unseren Kampf mitbekommen.

Ohne ein Wort zu verlieren, lege ich mich neben Ehino zur Nachtruhe hin. Ein kurzes Aufschnaufen nehme ich wahr, das Ehino unter seiner Decke hören lässt.

„Schlaf gut, Junge. Wir brauchen morgen Kraft." „Und Akin?", flüstert mir Ehino zu. „Er wird sich auch beruhigen bis morgen. Jetzt schlaf ein."

Als ich mich zur Seite lege, kann auch ich einschlafen. Gerade bekomme ich noch mit, wie das letzte Kohlestück sein Glühen aufgibt und die Schmiede in vollkommene Finsternis hüllt.

Früh morgens weckt mich ein Regentropfen, der vom Loch in der Schmiede, die uns der vermeintliche Munalis erbracht hat, danach immer mehr, die mir direkt ins Gesicht fallen, auf.

„Verdammt noch mal", fluche ich. Jetzt kommt auch noch Regenwetter und wir müssen die Schmiede in so schlechtem Zustand verlassen.

„Auf, Männer", rufe ich, „ich bin schon gewaschen." Ehino springt voller Tatendrang auf, wirft die Decke von sich, die er die ganze Nacht über sich gezogen hat, und steht vor mir voller Tatendrang. „Ich bin bereit. Lasst uns das Abenteuer beginnen."

„Mach erst einmal die Türe der Schmiede auf, damit wir etwas Licht haben." „Ja, das mache ich", sagt Ehino und rennt Richtung Türe der Schmiede.

Kurz bevor Ehino die Türe erreicht, fällt er schwer über Akin, der mit der Weinflasche noch in der Hand vor der Schmiedetüre liegt.

„Akin", ruft Ehino. „Was ist mit dir?" „Mir ist schlecht. Bring mir Wasser ...Einen Eimer voll ..."

„Ja, Akin, und den Eimer haue ich dir auch noch über den Kopf, wenn du nicht gleich hochkommst", sage ich.

Gleich kommt Ehino mit einem vollen Eimer frisches Bachwasser. „Gib her, Ehino, dem Hitzkopf zeigen wir jetzt, was die Stunde geschlagen hat."

Mit einem Guss schütte ich Akin den vollen Eimer über Kopf und Oberkörper. Momentan ist keine Reaktion von ihm zu vernehmen, bis er auf einmal aufspringt.

„Das habe ich jetzt gebraucht, meine Freunde, lasst uns aufbrechen."

DER AUFBRUCH

Ohne uns lange zu beraten, nehmen wir unsere Rucksäcke an uns, schnüren unsere Kleider enger und werfen einen letzten Blick in unsere Schmiede, bevor wir die Eingangstüre schließen und den Schlüssel umdrehen.

Akin geht noch einmal zurück und will gerade den Schlüssel noch einmal ins Schloss stecken, um noch einmal nachzuschauen, ob in der Schmiede alles recht wäre.

Während er den Schlüssel ins Schloss steckt, klopfe ich Akin auf die Schultern. „Akin, es ist gut. Wir müssen gehen." „Aber das Loch im Dach? Das ist auch noch da, wenn wir wiederkommen", bekräftige ich Akin.

„Kommt, wir haben einiges vor uns."

Gut bepackt gehen Akin, Ehino und ich den Weg an.

Akin wirft sich den Sack mit den Feuerrohren um, Ehino den mit der Munition, und ich den Rucksack mit Verpflegung für die nächsten Tage um meine Schultern.

„Wie weit wird der Weg, Akin?", frage ich. „Wir werden bestimmt drei Tage unterwegs sein, um die Höhlen zu erreichen. Was uns dazwischen begegnet, kann ich nicht sagen."

Da wir früh morgens aufgezogen sind, erreichen wir das erste Dorf im Vormittag.

Da es während den Arbeitstagen ist, an denen die Dörfler auf den Feldern sind, treffen wir einen leeren Marktplatz an. An den Stellen, wo sonst die Stände der Marktler stehen, sieht es jetzt hier verlassen und kahl aus. Die Hinterlassenschaft der Verkäufer liegt noch immer in den Gräben und gärt vor sich hin. Reste von Gemüse und sogar abgeschnittene Hühner- und Gänseköpfe, die für den Verkauf auf dem Markt unbrauchbar waren, liegen herum.

Am Stadtbrunnen halten wir inne und genehmigen uns einen guten Trunk am Marktbrunnen.

„Seid ihr die Leute aus dem Wald?", redet uns ein betagter Dorfbewohner an. „Ja", antworten wir. „Ist es verboten, sich hier gutes Brunnenwasser schmecken zu lassen?" „Nein", sagt dieser, „aber seid ihr nicht die, von denen alle reden, sie möchten sich mit unseren Herren anlegen?"

„Das kann schon möglich sein", antwortet Akin, überrascht von der Frage des Dörflers.

„Wer will das wissen?" „Ich", sagt ein anderer Dörfler. „Ich weiß, ihr sucht die Höhlen der Munalis. Ihr braucht dazu Feldkarten, anders werdet ihr sie nie finden. Ich selbst war schon da. Mit einem Schmied aus eurem Wald."

„Er meint meinen Vater", flüstert Akin, „er ist mein Onkel."

„Wo hast du die Karten?", frage ich ihn. „Wir brauchen sie unbedingt." „Kommt erst in mein Haus, dann kann ich euch mehr darüber sagen …"

Angekommen am Haus des vermeintlichen Onkels nimmt ihn Akin zur Seite. „Du weißt, wer ich bin?"

„Ja, Akin, du bist der Sohn meines Bruders. Ich war dabei, als wir die Höhlen der Munalis erkundet haben.
Dann warst du der, der uns im Stich gelassen hat, als uns die Munalis immer weiter in ihre Gänge gedrängt haben mit ihrem eiskalten Hauch, den ich immer noch in den Knochen spüre?

Der, der uns gesagt hat, wir würden sie endlich bezwingen, die Munalis? Warst du der, der einmal da und einmal nicht da war?"

„Ja, und ich war der, der euch am Ende der Gänge zugerufen hat, dass dies der einzige Ausgang ist, den ihr nehmen könnt. Ihr seid meinem Ruf gefolgt und konntet dadurch fliehen, bevor sie euch zu Tode gebracht hätten."

„Nur durch die Feldkarten, die ich euch anbiete, konnte ich das machen."

„Warum hast du sie uns damals noch nicht gegeben?" „Weil dein Vater ein Sturkopf war. Ohne mich wärt ihr jämmerlich ums Leben gekommen."
„Aber jetzt lasst uns essen und trinken. Ihr müsst Euch stärken, um euer Vorhaben durchsetzen zu können."

„Ja", sagt Akin, „und dann gib uns ein Nachtlager. Mehr verlangen wir nicht von dir."

„Das gebe ich euch gerne. Da ihr unangemeldet gekommen seid, kann ich euch nur anbieten, was ich habe. Aber an Brot, Käse und Bier soll es nicht mangeln."

„Was soll dann noch fehlen?", pflichtet Akin bei. „Lieber schlafe ich die ganze Nacht am Boden, als am Abend auf Bier zu verzichten. „
Großes Gelächter breitet sich in der Stube des Onkels aus, der uns darauf freundlich bewirtet.

„Was ist mit deiner Frau?", fragt Akin, während wir schmausen. „Meine Frau ... Meine Frau ist den Munalis zum Opfer gefallen ..." „Wie konnte das passieren?", frage ich?
„Sie hat sich geopfert ... In den Höhlen ..." „Wo ist sie jetzt?"
„Sie ist ein Opfer der Munalis ... Ich konnte sie nicht retten vor ihnen und sie ist wahrscheinlich noch immer in ihrer Gewalt, was mich zutiefst bedrückt."

„Du musst uns erzählen, was war. Wir sind am Weg in diese Unwegsamkeit. Onkel, erzähle uns, was war."

„Als die Munalis noch Menschen waren, haben sie in den Höhlen eine Stadt errichtet. Ich dürfte es eigentlich gar nicht erzählen. Meine Frau war die letzte Überlebende, die die ‚Stadt in den Höhlen' bis zu Ende noch gesehen hat."

„Sie war riesig. Die Menschen waren glücklich und zufrieden. Die Munalis, der Weiße und der Schwarze, so wie sie sich heute nicht mehr geben, waren die Herrscher über dieses Volk."

„Brüder, gleichen Blutes. Sie übernahmen die Herrschaft des vorherigen Königs MUN. Ein großer Herrscher, der dieses Land gut führte und Zufriedenheit unter den Menschen schaffte."

„Warum kennen sie sich uns dann nicht als Menschen an?", frage ich Akins Onkel. „Weil der Begriff ‚Mensch' durch den Hass der Munalis abgeschafft worden ist."

„Warum? Was wollt ihr noch von mir wissen?", bricht es aus dem Onkel Akins heraus. „Es ist sehr gefährlich für mich, euch diese Auskunft zu geben."

„Dann lass uns ziehen, Onkel. Wir werden es selber erfahren, denn so feige sind wir nicht. Gib uns noch etwas an Proviant mit. Mehr verlangen wir nicht von dir."

Verhalten geht Akins Onkel an den Kellerschacht, holt einige Renkerlinge Geselchtes heraus und wickelt sie in ein Leinentuch. „Nehmt das mit, um euch zu versorgen, aber glaubt nicht, dass es euch genügt. Denn die Höhlen der Munalis sind lang und tief. Und denkt an das Licht, das ihr braucht, um die Wege zu finden, die in den Karten markiert sind, die ich euch mitgebe."

„Fackeln und immer wieder in Öl getunkte Hadern braucht ihr, um euch stundenlang Licht zu verschaffen und wie ihr die Munalis bezwingen wollt, weiß ich bis heute nicht. Es soll euch gelingen, das wünsche ich euch. Und jetzt wünsche ich eine gute Nacht."

Ehino, der die ganze Zeit still zu gehört hatte und neben mir am Nachtlager liegt, stößt mich plötzlich aus dem Schlaf. „Schau, was man im Schein des Ofenfeuers erkennen kann!"

„Sind dort über der Sitzbank in dem Kästchen nicht zwei glühend leuchtende Steine?"
        „Ja, Ehino. Ich sehe sie." „Wir müssen sie mitnehmen", sagt Ehino. „Wir sind keine Diebe. Wir können den Onkel Akins nicht bestehlen. Er hat uns Obhut und zu essen gegeben und außerdem sind wir auf die Feldkarten von ihm angewiesen."

„Du hast recht, es tut mir leid." „Macht nichts, Junge, aber wir müssen uns das merken, es kommt mir vor, als werden wir noch froh sein, dies bemerkt zu haben."

Zugleich erlischt die kleine Kerze, die Akins Onkel in unserem Nachtlager aufgestellt hatte, und wir fallen in tiefen Schlaf.

Als ich doch noch einmal mitten in der Nacht erwache, höre ich im Nebenraum ein Gekritzel, das sich anhört, als würde man sich mit einem Graphitgriffel auf altem Pergament zu schaffen machen.

Der Onkel, schießt mir durch den Kopf. Er nimmt Änderungen an den Feldkarten vor, um uns in die Irre zu treiben, der Schuft.

Mit aller Vorsicht schleiche ich mich in die Stube, aus der ich das Gekritzel höre.
        Vor einer Petroleumlampe sehe ich den Onkel, der er am Tisch sitzt mit dem Griffel in der Hand und konzentriert auf ein Schriftstück starrt.

„Was machst du da?", frage ich ihn. Überrascht sieht er mich an. „Ich gebe euch noch einige Angaben, um in den Höhlen besser zurechtzukommen. Ihr brecht ja schon morgen auf, da werdet ihr jede Hilfe brauchen, die ich euch geben kann."

„Ja, das hoffe ich. Geh nun wieder schlafen. Spar dir deine Kraft für die nächsten Tage auf."

Mit einem schlechten Gefühl gehe ich zu Ehino und setze meinen Schlaf fort. „Was ist?", fragt mich Ehino. „Wir müssen es auf uns zukommen lassen. Wir sind auf die Feldkarten des Onkels angewiesen. Es hilft nichts. Wir müssen morgen entgegennehmen, was er uns zu bieten hat. Nur so haben wir eine Chance, uns in den Höhlen zurechtzufinden."

„Schlaf jetzt, Ehino, wir müssen morgen wieder früh aufbrechen."

Kurz nach Sonnenaufgang hören wir ein Poltern, das wohl nur von Akin stammen kann. „Auf Männer, der Tag ist noch jung, wir müssen weiter."

Obwohl er offensichtlich nicht geschlafen hat, hat uns Akins Onkel ein reichliches Frühstück zubereitet. Käse und sogar Speck hat er für uns bereitet. Gerade Akin lässt sich dieses reichhaltige Mahl besonders schmecken. „So viel kann nur ein Schmied runterschlucken", sage ich zu Akin, der neben mir sitzt und frisst wie ein Wolf. „Was soll's", sagt er. „Ich brauche was zwischen die Zähne."

Endlich hat Akin seinen Bauch voll. „Onkel, kommen wir noch zum Wichtigsten."

In einer Rolle, die er mit einem Bindfaden zusammengebunden hat, übergibt er uns die Feldkarten, die wir für unsere Reise benötigen.

Akin und wir reichen dem Onkel die Hand und bedanken uns für die Obhut und die gute Verpflegung, die er uns geboten hat.

Ehino und ich werfen einen letzten Blick auf das Schränkchen, in dem die glühenden Steine aufbewahrt sind.

„Gehen wir", sage ich. „Wir müssen die Zeit nutzen, die uns bleibt."
Wir nehmen unser Packzeug an uns und treten den Weg an.

Ein „Macht es Gut" und „Passt auf in den Höhlen" gibt uns der Onkel mit auf den Weg.

„Glaubst du, wir werden es schaffen?", fragt Ehino. „Ich kann es dir nicht versprechen, aber wir sind jetzt in einem Boot." Akin, der die Frage Ehinos gehört hat, zeigt uns den Daumen nach oben. Wir haben die Hälfte des Weges geschafft. Jetzt geht es nur noch nach vorne.

Kurz nach dem Verlassen des Hauses des Onkels tut sich ein Weg auf, der anfangs leicht zu begehen ist. Mittags tut sich eine Anhöhe auf, die immer schwieriger zu besteigen ist.
Serpentinenmäßig müssen wir die Anhöhe überwinden, um überhaupt den Weg bezwingen zu können.
Plötzlich stürzt Ehino, als er eine Windung an dem Serpentinenweg überschreitet. Am Rücken liegend, schlittert Ehino etliche Meter über das Geröll bis zur nächsten Serpentinenwindung, wo er zum Glück wieder Halt finden kann.

„Ehino", rufen wir. „Halte dich dort fest. Wir holen dich." Das Gepäck lassen wir liegen und steigen den gewundenen Weg zurück zu der Stelle, wo Ehino liegt. Akin rutscht sogar das Geröll hinunter, um noch schneller bei Ehino zu sein. „Pass auf, dass du noch Halt findest und nicht noch weiter hinunterfällst", rufe ich Akin zu.

Endlich sind wir bei Ehino. Er zittert und wir halten ihn an Armen und Körper fest, damit er sich sicher fühlt. „Diese Abhänge ...", fleht Ehino ... „Ich bin meinen Wald gewohnt ... Mir wurde plötzlich so schwindlig ..."

„Zeig erst mal, was du dir zugefügt hast." Durch Ehinos Obergewand tritt Blut aus. „Akin, siehst du, Ehino hat sich den Rücken aufgeschürft." „Ja klar", sagt Akin, „er ist viele Meter hinuntergerutscht. Das Geröll hat ihm die Haut aufgerissen." Vorsichtig heben wir Ehino auf, der schluchzend vor uns auf einem Steinhaufen sitzt, der ihn vor einem großen Absturz bewahrt hat. „Ziehen wir ihn erst mal zurück, bevor er uns noch weiter abstürzt."

An Ehinos Rücken haben sich spitze Steine unter die Haut gebohrt. „Ehino, beiß die Zähne zusammen. Wir werden dir die Steinchen jetzt aus deiner Haut nehmen", beruhigen wir Ehino, der offensichtlich einen Schock durch den Absturz erlitten hat. „Es wird nicht lange dauern."

Behutsam ziehen wir Ehino die zerrissene Jacke aus und ziehen ihm das Leinenhemd aus, um die Wunden an seinem Rücken zu untersuchen. „Akin, gib mir deine Trinkflasche. Wir müssen zuerst den Staub abwaschen, der sich während des Sturzes auf Ehinos Rücken mit dem Blut vermischt hat und sonst bald verkrustet." „Hier hast du", spricht Akin, „und wische den Dreck mit dem guten Vorderteil des Hemdes ab. Ich gebe ihm mein Hemd. Er braucht es." „Da hast du recht, Akin. Er ist nun sauber. Komm Akin, wir müssen Ehino wieder anziehen, bevor er unterkühlt."

Zitternd und mit starrem Blick helfen wir Ehino auf die Beine und haken uns mit den Armen unter seine Schultern, um ihn beim Gehen zu stützen.

„Du musst jetzt tapfer sein, der Aufstieg ist noch nicht geschafft."

Nach ca. einer Stunde hat sich Ehino wieder einigermaßen erholt und kann sich allmählich alleine auf den Beinen halten.

„Schaut", ruft Akin, der sich ein Stück vor uns am Serpentinenweg befindet, „die Höhlen … man kann sie sehen. Wir werden sie heute noch erreichen."

„Gut", rufe ich ihm zu. „Warte auf uns, wir müssen einen Platz zum Übernachten finden, bevor wir uns in die unmittelbare Nähe der Höhlen begeben."

„Du hast recht", ruft Akin zurück. „Seien wir lieber vorsichtig. Jetzt wird es ernst." Als wir Akin erreichen, liegt neben dem engen Bergweg ein flacher Platz, der mit spärlichem Gras und Moos bedeckt ist. Anders als auf dem Weg, den wir tagsüber beschritten haben, bietet sich hier erstmals ein kleines Plateau, das genügend Platz bieten könnte, um ein Nachtlager zu errichten. „Hier bleiben wir", schlage ich vor. „Ja", sagt Akin, und nimmt probeweise Platz. „Im Sitzen und Liegen sind die Höhlen nicht zu sehen und somit können die Kreaturen, die sich dort aufhalten, uns auch nicht ausmachen." „Das ist gut, Akin. Wir, und vor allem Ehino, brauchen einen sicheren Platz, um wieder Kraft zu schöpfen für den morgigen Tag."

Mit wenigen Handgriffen sind Planen und Decken ausgebreitet, um uns die kühle Nacht erträglich zu machen.

Ehino hüllt sich als Erster in seine Decke. „Ich bin so müde", gibt er uns zu wissen. „Ja Ehino, du musst noch essen und trinken, bevor du schläfst."

Die Essensvorräte, die uns Akins Onkel mitgegeben hat, teilen wir bedacht in fünf Tagesvorräte ein. „Das muss uns reichen, bevor wir die Höhlen verlassen", gibt Akin mit besorgtem Blick uns zu wissen. „Dein Wort in Gottes Ohr", sage ich zu Akin, während er uns unsere Portionen reicht.

Noch mit dem Brot und dem Stück Rauchfleisch in der Hand schläft Ehino auf seiner Decke ein. „Lass ihn", sage ich zu Akin. „Er braucht jetzt seine Ruhe." Behutsam nehme ich ihm die Essensreste aus der Hand. Mit einem Seufzer schläft Ehino ganz ein.

Akin und ich sitzen noch auf unseren Decken und jedem von uns steht die Sorge über den nächsten Tag ins Gesicht geschrieben.

„Was meinst du, was uns dort oben erwartet?", bricht Akin das Schweigen und hält mich mit seinem Blick gefangen, so dass ich um eine Antwort nicht herumkomme.

Nach einer kleinen Ewigkeit gebe ich Akin Antwort auf seine dringliche Frage.

„Es wird eine harte Prüfung für uns werden, die unseren ganzen Mut und unsere Ausdauer fordern wird. Es wird Situationen geben, in denen wir den Mut und die Zuversicht verlieren werden. Das muss uns von vorneherein klar sein."
    „Es ist gut, wenn du das sagst", pflichtet mir Akin zu. „Jetzt groß und stark daherzureden, wäre nicht richtig. Wir müssen an das Gespräch dieses Abends vor dem großen ersten Tag denken, wenn uns der Mut verlässt", spricht Akin und reicht mir seine rechte Hand.
    Mit einer kleinen Erleichterung schlage ich ein. In Akins Augen sehe ich seine Entschlossenheit, das durchzuziehen, was wir uns vorgenommen haben, und seine Loyalität in unsere kleine Gemeinschaft, die sich vorgenommen hat, das Böse, das uns erwartet, endgültig auszulöschen.

Mit einem Schluck undefinierbaren Gebräus aus der Tonflasche, die uns Akins Onkel mitgegeben hat, besiegeln wir unser Gespräch. „Es wird nun Zeit, uns die Nacht um die Ohren zu schlagen und Kraft zu tanken", sage ich zu Akin, während ich ihm mit verzogenem Gesicht von dem bitter und scharf schmeckenden „Gute-Nacht-Trunk" die Flasche reiche der ich kurz vorher mit einem kräftigen Schlag den Korken in den Hals gedrückt habe, um klar zu machen, dass ich keinen weiteren Schluck mehr nehmen werde.

„Na dann, gute Nacht", antwortet mir Akin und lässt die Flasche in seiner Umhängetasche verschwinden.

Allmählich bricht die Nacht herein und wir verkriechen uns in unsere Decken. Ein kalter Wind zieht auf und im Wechsel des schwindenden Tageslichts mit dem spärlichen Mondlicht sehen wir von unserem Nachtlager aus Teile des Weges, den wir hinter uns gebracht haben. Von hier oben sehen die Serpentinen noch gefährlicher und unbezwinglicher aus als aus der Perspektive, die wir hatten, als wir sie nach oben beschritten haben. Ein enger, nur aus Geröll bestehender Weg aus Felsen, die jeden Schritt zum Absturz bringen können, einzelne Gämsen, die sich gekonnt durch die Steinwüste mit kecken Sprüngen bewegen, machen wir aus. Das Klackern ihrer Hufe ist Hunderte Meter weit zu hören. Einige Murmeltiere, die aus ihren Felsbauten wenige Sekunden herausschauen, um ihr Umfeld zu begutachten, verschwinden wieder, so schnell wie sie gekommen sind, in dem Geröll. Ein Adler, der eben nach dieser Beute stiert, zieht seine Runden und lässt durch seine schrillen Schreie die Nacht durchdringen und nimmt mit einem Schlag seiner Schwingen Platz auf einem verdorrten Kieferbaum.

Kurven, die sich immer weiter nach oben schlängeln, enden aus dieser Ansicht teils im Nichts, wo sie einige Meter weiter oben wieder auftauchen.

„Sind wir diesen Weg gegangen?", frage ich Akin. „Ja", sagt dieser. „Das Ende jeder Serpentine endet hinter einer Umschreitung des Berges, die von hier aus nicht zu sehen ist. Sei froh, dass du nicht nach unten gesehen hast, sonst ..."

Letzte Gedanken über die hinter uns liegenden Tage gehen mir durch den Kopf. Der seltsame Onkel, der uns freundlich empfangen hat, aber jedem von uns mit seinem Verhalten zu Denken gegeben hat. Der Sturz Ehinos und die vor uns liegenden Höhlen spuken in meinem Kopf herum.

Vor Erschöpfung schlafe ich dennoch ein, bevor mich ein eigenartiges Geräusch aus dem Schlaf reißt.

Erst erkenne ich nur gelbe und rote Lichter, die sich auf den Geröllfelsen vor uns spiegeln. Dann ein dumpfes Tosen, das aus Richtung der Höhlen rührt. Schatten, die Gestalten ausmachen, die zwischen die Lichter huschen. Kommen und vergehen. Teils sehen sie zu uns herüber und greifen nach uns, um dann wieder ins Nichts zu verschwinden. Aus Furcht traue ich mir nur, die Decke, die ich zum Schutz über den Kopf gezogen habe, zu lüften. Einige Minuten betrachte ich von meinem Schlaflager aus das gespenstische Geschehen. Der Graus vor diesem Schauspiel lässt mir einen kalten Schauer über den Rücken ziehen. Kurz darauf ist der Spuk vorbei. Trotz des Schauders, der mich durchfahren hat, versuche ich, weiter zu schlafen, was mich große Überwindung kostet.

Der morgige Tag wird uns zeigen, auf was wir uns eingelassen haben, versuche ich mich zu beruhigen.

Früh morgens wecken uns laute dumpfe Töne, die aus riesigen Hörnern stammen müssen. Akin springt als Erster auf. „Steht auf. Die Wächter der Munalis blasen den Tag an. Sie dürfen uns nicht bemerken. Schüttelt den Schnee von euren Decken und lasst uns packen, um auf alles gefasst zu sein."

Ehino schaut uns mit großen Augen an. „Sitz dich auf, Ehino. Wir nehmen deine Packsachen zu den unseren. Wir müssen jetzt vorsichtig sein."

Schnell haben wir unsere Utensilien in den Packsäcken verstaut und betrachten auf unserem Lager liegend den Eingang der Höhlen. Links und rechts der Höhlen stehen jeweils zwei Soldaten der Munalis, wie wir sie in den Dörfern beim Plündern gesehen haben. Bewampst mit Lederharnischen, Helmen und riesigen Hörnern, mit denen sie die gewaltigen Töne geblasen haben.

Dämonisch, riesig an Statur und bösen Blickes bewachen sie den Eingang zu den Höhlen.

„Sie haben uns noch nicht bemerkt. Es ist ihr tägliches Ritual. Aber wie kommen wir an ihnen vorbei?", fragt Akin. „Vielleicht gibt es einen anderen Eingang?", bemerke ich. „Wozu haben wir die Karten? Wir haben sie ja noch gar nicht richtig studiert."

„Akin. Wie seid ihr damals aus den Höhlen herausgekommen? Gab es einen Hinterausgang, den wir als Eingang nutzen können?" „Ja, den gibt es, aber wir sind damals hundert Meter ins Meer gestürzt, als wir den ‚Ausgang' gefunden haben. Da gibt es kein Hinauf. Es muss eine Lösung geben. Es muss."

„Was hat dein Onkel in der Nacht, als wir bei ihm waren, in die Karten geritzt? Ich habe ihn beobachtet. Er tat so heimlich und dachte, dass wir schlafen, aber ich habe gesehen, dass er an den Karten gearbeitet hat."

„Lass uns die Karten studieren, bevor wir schon an der Pforte der Höhlen scheitern." „Ja", gibt Akin zurück, „lieber einen Tag warten als hier schon zu scheitern."

Gut, dass es nicht mehr schneit und wir hier einigermaßen sicher sind vor den Wächtern. Akin. Breite die Karten aus und lass uns schauen, ob wir etwas entdecken können!

„Schau Akin. Die Karten zeigen den Weg an, den wir bis jetzt gegangen sind. Sogar bis auf unseren Schlafplatz. Von da aus zeigen die Karten nur noch bis zu den Höhlen."

„Aber die dritte Karte ist mit einem Pfeil markiert, der direkt neben unserem Nachtlager steht."

„Was bedeutet er?", fragt Ehino. „Sollen wir links herum um die Höhlen gehen?" „Wie denn?", frage ich Ehino. „Dort sind nur Abhänge und Schluchten. Er muss etwas anderes bedeuten."

„Akin, gib mir die Flasche mit dem Alkohol und einen Fetzen deines Hemdes." „Willst du mich ver …", faucht Akin mich an, tut aber dann widerwillig, was ich ihm aufgetragen habe. „Folgen wir dem Pfeil auf der Karte und drehen das Pergament um."

„Benetzen wir jetzt die Rückseite des Pergaments mit dem Gebräu und schauen, was passiert."

Nach einigen Sekunden weist das Pergament Striche auf, die sich zu einem Pfad ausmachen. Klar erkennbar ist, dass die Striche von Akins Onkel nachträglich auf der Rückseite des Pergaments eingekritzelt wurden. Der Pfad führt zu einem Punkt, der mit einem X markiert ist.

„Akin, dein Onkel hat uns eine Nachricht hinterlassen, die er mit Zitronensäure geschrieben hat, und die wir nur so entschlüsseln konnten."

„Hätten wir den Pfeil nicht gesehen oder beachtet, wäre dein Onkel fein heraus gewesen und wir direkt in die Hände der Munalis gelaufen. Sie hätten uns die Karten abgenommen und gesehen, dass wir direkt in die Falle gelaufen sind."

„Aber dein Onkel hat uns eine Chance gegeben." „Man kann eben nicht vorsichtig genug sein", pflichtet Ehino altklug zu. „Du Schlaumeier du", scherzt Akin mit Ehino und struppelt ihm sein ohnehin schon zerzaustes Haar.

„Freut euch nicht zu früh. Jetzt gilt es herauszufinden, was das ‚X' bedeutet und wo es sich befindet."

„Darauf trink ich", wirft Akin kurzerhand ein und schickt sich an, sich einen kräftigen Schluck des grässlichen Gebräus zu genehmigen.

„Halt!", schreie ich Akin an und entreiße ihm in letzter Sekunde die Tonflasche. „Willst du den Schlüssel zu unseren Fragen einfach so in deinen fetten Wanst hinunterschlingen? Dort kann dir das Gebräu höchstens einen kräftigen Dünnschiss bereiten, sonst nichts."

„Du hast recht. Entschuldigt ..."

„So lange noch etwas in der Flasche ist, sollten wir die Zeit nutzen, um der Lösung unserer Fragen näherzukommen. Am besten, wir benetzen das ganze Pergament mit dem Gebräu, vielleicht tut sich ein weiterer Hinweis auf."

Vorsichtig bestreichen wir das ganze Pergament mit dem Lappen und dem alkoholischen Sud.

Starr und voller Anspannung starren wir auf das Papier. Sekunden, Minuten verstreichen ... Nichts tut sich.
„Verdammt noch mal", flucht Akin und schlägt mit dem Fuß auf einen Stein, der in hohem Bogen den Berg hinunterpoltert.

„Bist du blöd?", gehe ich Akin an. „Deine Wut scheucht uns die Munalis und erst recht ihre Soldaten auf den Hals. Wir brauchen nun etwas Zeit und ein sicheres Versteck, um uns zu beraten, wie wir weiter vorgehen." Mit eingezogenem Kopf nickt Akin zu meinem Vorwurf.
„Ich halte das nicht mehr aus. Das Herumsitzen und Karten studieren ... Ich will nun Köpfe rollen sehen." „Das wirst du, Akin, das verspreche ich dir. Mehr als dir lieb ist."

Meine Rede zaubert ein kleines Lächeln in Akins Gesicht. „Ich hasse diese teuflischen Kreaturen und ich werde ihnen ..." „Deswegen sind wir da, mein Guter."

„Wir müssen nun die Karten einpacken, damit sie nicht zu viel Feuchtigkeit ziehen. Der Abend bricht langsam an."

Ehino nimmt sich der Aufgabe an, die Karten behutsam zu falten und in den Taschen zu verstauen. Plötzlich schreit er erstaunt auf. „Schaut, ich glaube, ich kann eine Schrift erkennen auf der Karte, die wir noch einmal bestrichen haben." „Zeig her", rufe ich voller Spannung. Tatsächlich. Über den Kritzeleien des Pfades und dem merkwürdigem „X" sind Buchstaben, ja Sätze erkennbar.

Es hat eine Zeit gedauert, bis der Alkohol die Schrift erscheinen lassen konnte, da die Karten den ganzen Tag ausgebreitet auf unserem Lager gelegen haben und einiges an Feuchtigkeit aufgenommen haben. Aber jetzt ist die Schrift klar erkennbar, die uns Akins Onkel als weiteren Hinweis hinterlassen hat.

Wenn Luna die Sol ablöst – Wenn Claritas
Obscuritas begrüsst
Der Somnus die Exsomnis küsst
Dann zeigt Dir Nasci Deinen Weg
Doch provideo – Denn Noctu birgt Animus

„Lies es uns vor", spricht Akin. „Ich kann mit diesen Zeichen nichts anfangen. Du vielleicht?"

„Ja, und Nein. Ich kann euch nur vorlesen, was hier geschrieben steht. Ich denke, es ist sehr hintergründig. Es hört sich zumindest so an."
Es ist lateinisch, denke ich. Teils unsere Sprache, teils eine alte, vielleicht keltische Sprache.

„Du kannst lesen, also sag uns, was da steht", gibt uns Akin gespannt zurück.

„Dann hör gut zu. Akin, der du mehr als wir beiden dem Keltischen mit deiner Schmiedekunst zugewandt bist, kannst du dich vielleicht daran erinnern, was die seltsamen Ausdrücke bedeuten? Ich habe schon des Öfteren Ausdrücke von dir gehört, die sich so ähnlich angehört haben wie diese, die ich gerade vor mir habe."

„Freund, lese mir vor, und ich werde versuchen, es zu verstehen …"

„Luna, die die Sol ablöst – Claritas die Obscuritas begrüßt. Der Somnus die Exsomnis küsst …"

„Akin, was schließt du daraus?"

„Lass mir kurz Zeit, ich weiß, was das zu bedeuten hat."

„Luna ist der Mond, der die Sonne Sol ablöst nach ihrem Tagwerk.
Claritas der Tag, dem Obscuritas, die Nacht folgt.
Somnus ist der Schlaf, der Exsomnis – Die Wachheit stiehlt."

„Weißt du noch mehr?", frage ich Akin. „Lies mir vor. Dann werden wir sehen."
„Nasci soll uns unseren Weg zeigen?" „Was bedeutet das?"

„‚Nasci' ist das Licht der Welt. Das Tageslicht, das Mondlicht und das Licht des Lebens. Gebündelt in einem. Es erscheint nur denen, die Gutes vorhaben und keinen Ausweg mehr finden. Allerdings kannst du es nicht herbeibeschwören, es tritt auf, wenn du es am wenigsten erwartest."

„Akin, dein Wissen ist wirklich sehr groß. Ich hoffe, du kannst das letzte Rätsel auch noch entschlüsseln."

„Doch provideo – Denn Noctu birgt Animus."

Nach kurzem Überlegen gibt uns Akin die Antwort. Mit nachdenklicher Miene erklärt er uns.

„Es heißt: Seid vorsichtig – Die Nacht birgt Geister in sich …"

Einige Minuten sitzen Akin, Ehino und ich sprachlos da und lassen auf uns wirken, was wir soeben erfahren haben.

„Was hat das mit uns zu tun? Wie sollen wir uns nun verhalten?", fragt Ehino.

„Alles weist auf die nahende Nacht hin. Letzte Nacht konnte ich schon einige Lichterscheinungen wahrnehmen. Ich konnte sie nicht deuten, aber jetzt denke ich anders darüber. Wir müssen die Zeichen deuten nach diesen Hinweisen, die wir erhalten haben."

„Lasst uns nun Essen und Trinken und seien wir froh, darüber so aufgeklärt in die Nacht schauen zu können."
„Am besten halten wir Wache", schlägt Akin vor. „Ich schlafe als Erster. Weckt mich, wenn ihr die Wache übernehmt, und sagt mir, was ihr gesehen habt."

Mit einem leisen Grunzen verkriecht sich Akin unter seine Decke.
Ehino und ich setzen uns auf unserem Lager zusammen und schauen in die anbrechende Nacht.
„Die Lichter und die Gestalten, die du gesehen hast??? Haben sie etwas zu tun mit dem, was wir heute erfahren haben?", fragt Ehino. „Ja, bestimmt. Wir werden diese Nacht erfahren, was es mit ihnen auf sich hat. Es passt alles zusammen. Die Erscheinungen und die keltischen Sätze."

„Ich habe Angst und es ist so kalt hier. In meinem Wald war es auch oft kalt, aber hier ist es anders." „Ja, Ehino. Ich weiß. Komm unter meine Decke und versuche zu schlafen."
Kurz darauf schläft Ehino ein und greift unbedacht an mein Gürtelmesser, was ihm zusätzlich mentalen Schutz gibt in seinem Schlaf.

Minuten vergehen wie Stunden, während ich Wache halte und das Schnarchen und Grunzen Akins anhören muss. „Halt dein Maul", werfe ich Akin hin und versetze ihm mit meinem Fuß einen kleinen Hieb. Umso lauter setzt Akin sein Schlafkonzert fort. Affe, denke ich mir, grober keltischer Kerl ... Bis ich selbst in tiefen Schlaf falle.

Der Somnus die Exsomnis küsst ... So geht es mir durch den Kopf ... Der Tag den Schlaf??? sind meine letzten Gedanken, bevor es mir den Kopf zur Seite nickt.

Ein harter Schlag in die Seite reißt mich aus dem Schlaf. Akin steht mit gespreizten Beinen über mir und hält mir den Mund zu. „Psst. Die Lichter sind hier. Überall. Wir müssen jetzt hellwach sein und Nasci beobachten."

„Ja, das müssen wir. Ich muss erst zu mir kommen ..." Leise lässt sich Akin neben mir nieder. Ehino legen wir zur Seite und bedecken ihn noch mit unseren Decken, um seinen Schlaf nicht zu stören.

Gespannt schauen wir im Sitzen dem Schauspiel der Lichter zu. „Schau Akin, hier kommen wieder die Gestalten, die ich letzte Nacht schon gesehen habe."

„Animus", gibt Akin zu verstehen. „Sie sehen uns. Es sind die Seelen derer, die durch die Munalis zu Tode gekommen sind. Sie tun uns nichts. Als du noch geschlafen hast, konnte ich die Frau meines Onkels erkennen. Auch sie ist zum Animus geworden. Sie hat mich geweckt. Daher weiß ich, dass wir von ihnen nichts zu befürchten haben.

Sie hat die Hand nach rechts unseres Lagers ausgestreckt. Dann hat sie die Arme gekreuzt zu einem ‚X‘. Weißt du, was ich meine?" „Ja, Akin. Aber Nasci muss uns noch den Weg zeigen."

„Dann steh auf, wenn du den Mumm dazu hast." „Hilf mir, Akin. Meine Füße sind Eisklumpen."

Als Akin und ich aufstehen, sehen wir das Feld bis zu dem Eingang der Höhlen. Die Animus gleißen um uns herum, als ob sie uns begrüßen möchten. Auch um Ehino schwirren sie herum. Graue Gestalten, körperlos, mit fahlen Gesichtern, die durch die Lüfte schweben. „Lass sie", sagt Akin. „Sie werden ihm nichts tun, im Gegenteil."

Noch reibe ich mir die Augen vor Schlaf. Akin, das ganze Feld vor den Höhlen ist mit Licht erfüllt. Akin dreht sich zur Seite und streckt die Arme in die Höhe. „Es ist Nasci. Das himmlische Licht. Es weist uns den Weg."
   „Nein Akin, es ist bläuliches, kaltes Licht. Gehe nicht hinein." Mit einem harten Ruck halte ich Akin zurück, schlage die Arme um seinen Körper und befördere ihn zurück auf seinen Schlafplatz. Dort hockend zeigt er mir seine Hände. Sie sind erfroren. „Was war das?"

„Munalis", gebe ich ihm zur Antwort. „Sie haben uns bemerkt und haben uns die Animus geschickt. Letzte Nacht schon."

„Ehino", ruft Akin, „wir müssen ihn retten." Sofort wenden wir uns dem Schlafplatz Ehinos zu. Mit Schrecken sehen wir, dass sich immer mehr Animus um Ehino scharen und ihn von allen Seiten bedrängen. Sie wollen sein junges Leben.

Mit aller Kraft wirft sich Akin auf den Boden und rollt sich auf die Seite Ehinos. „Geht weg, ihr Huren der Munalis." Mit einem harten Griff nimmt er Ehino an der Seite und steht mit Ehino in den Armen auf.
   Dem harten entschlossenen Blick Akins weichen die Animus, die Ehinos Seele an sich nehmen wollen.

Nur mit seinem rechten Arm hält Akin Ehino fest. Mit seiner Linken schlägt er um sich, damit sich keines der Geistwesen ihnen nähern können. In einem Umkreis von zwei Metern gleißen sie um Akin und Ehino mit zähnefletschenden Fratzen und Krallen, die nur eines wollen: ihre Seelen in sich aufzunehmen.

Einige Meter davon entfernt stehe ich und weiß nicht, wie ich in das Geschehen eingreifen kann.

„Mach ein Feuer an", ruft mir Akin zu. „Tu es. Ich kann sie nicht mehr lange abhalten."

Schnell suche ich etwas Zunderschwamm zusammen und schlage ein paar Steine übereinander, um sie mit den Funken zu entzünden.

„Verdammt", fluche ich. „Es muss schnell gehen." Ehe ich mich versehe, fängt das Pulver der Zunderschwämme zu glühen an. Zwei, drei Mal pusten, geht es mir durch den Kopf, und die Glut müsste reichen, um eine Hand voll des Gemenges unseres Explosionsgemisches zu entzünden. Ein paar Sekunden später glüht der Zunderschwamm dahin, bis ich die Handvoll Gemisch aus dem vorbereiteten Säckchen geholt habe.

„Mach", ruft mir Akin, „sie werden immer mehr und stärker." „Jetzt!", rufe ich Akin zu und werfe das Gemisch in die Glut. Mit einem Sprung entferne ich mich von der Feuerstelle. Passt auf, rufe ich Akin und Ehino zu.

Sofort geht eine große Stichflamme vom Boden der Feuerstelle auf. Wie in einem Sog saugt sich die Stichflamme in die Höhe.

Aus dem kleinen Flämmchen am Boden wird eine Säule, die sich immer mehr in den Himmel hebt. Immer breiter, heller und heißer steigt die Feuersäule auf.

„Was ist das?" Verwundert stehen Akino, Ehino und ich da und bewundern das Schauspiel, das sich vor uns auftut. Eine Feuersäule, die sich immer weiter in die Höhe schlängelt, sich zuerst klein aus der Feuerstelle auftut und trichterförmig immer weiter auseinander geht und in der Höhe eine Breite gibt, die vom

Boden aus nach oben erlischt und mit einer Rauchfontäne am Himmel verschwindet.

„Akin, Ehino, ihr seid da. Ja. Sagen sie. Dein Feuer … Dein Feuer hat die …"

„Ja. Akin. Das Feuer hat die Anumis in sich aufgesaugt. Verbrannt."

Sprachlos sitzen wir um das kleine Flämmchen herum und sehen zu, wie es leise verglimmt.

„Genauso müssen wir mit den Munalis umgehen", sagt Akin. „Das war der Beweis."
   „Akin, zeig deine Hände, sind sie noch erfroren?" „Nein", sagt Akin und reibt sie aneinander. „Keineswegs. Ehino. Wie geht es dir. Haben dir die Anumis etwas getan?" „Nein. Es geht mir gut."

„Dann haben wir den ersten hinterhältigen Übergriff der Munalis überstanden. Sie haben uns ihre geringsten Untertanen geschickt, um uns in die Irre zu treiben. Das haben wir ihnen sauber vergolten."

„Ja", sagt Akin. „Um Haaresbreite. Aber jetzt wissen sie umso mehr, wo wir uns aufhalten. Was sollen wir tun?"
   „Uns am besten noch jetzt noch im Schutze der Nacht einen neuen Unterschlupf suchen." „Und wo? Hier in der Steinwüste?"
   „Nein. Es ist Nacht. Morgen, nachdem die Soldaten der Munalis den Morgen angeblasen haben, gehen wir in die Höhlen."

„Aber was ist mit dem Zeichen auf der Karte? Glaubst du dem Zeichen noch, Akin? Ich nicht. Der Weisung der Anumis gehe ich nicht nach."

„Wie sollen wir das machen? Sie werden uns erwischen …"
   „Nicht wenn wir vorsichtig sind. Es gibt keine andere Lösung.

Hier können wir nicht bleiben. Schlaft jetzt. Beim ersten Sonnenstrahl begeben wir uns zu den Höhlen. Akin. Du und Ehino zur rechten Seite, ich zur linken. Wir verschanzen uns dort und warten, bis die Soldaten verschwunden sind. So können wir am besten abschätzen, ob wir freien Zugang haben. Dann begeben wir uns in die Höhlen."

DIE HÖHLEN DER MUNALIS

„Akin, Ehino, steht auf. Es ist Zeit. Werft euch die Rucksäcke und Packtaschen über, wir müssen aufbrechen."

„Habt ihr den Plan noch im Kopf?" „Ja", flüstern Akin und Ehino, „wir sind bereit.

Gehen wir, bevor die Soldaten den Morgen anblasen."

Ohne ein Wort zu verlieren, trennen wir uns in zwei Richtungen. „Der Mondschein leuchtet uns noch, ohne dass der Tag angebrochen ist. Ich wünsche euch viel Glück."

„Wir haben die besseren Karten, wirft mir Akin entgegen, wir haben die Rohre und das Explosionsgemisch." „Und ich die Karten", entgegne ich Akin und Ehino schmunzelnd.

„Nasci wird uns beschützen. Sie werden uns nicht bemerken."

Mit einem Handschlag gehen wir auseinander und pirschen uns getrennt in die Nähe der Höhlen.

Nach einiger Zeit, in der ich den Weg links der Höhlen einschlage, verliere ich den Blickkontakt zu Akin und Ehino, da sie einen Felsen umgehen müssen, doch vor Sonnenaufgang erreichen wir den Eingang der Höhlen. Mit einem Wink machen wir uns verständlich, uns an den Seiten des Höhleneingangs zu verschanzen.

Kurz danach dröhnt lautes Traben aus den Höhlen. Fackelndes Licht tritt aus dem Höhleninneren heraus und vier Soldaten mit voller Rüstung und Bewaffnung stellen sich vor den Höhleneingang.

Nach einem viertaktigen Tritt auf den Boden heben sie die rund gebogenen Hörner und blasen den Morgen an.

Ohrenbetäubend laut, kraftvoll dröhnt es aus den Hörnern.

Langsam krieche ich aus meinem Versteck am Rand der Höhle, als ich sehe, dass Akin und Ehino sich schon am anderen Eingang in die Höhle schleichen. Nach kurzem Zögern wage auch ich den Eintritt in die Höhlen.

Das Höhleninnere ist riesig. Nach dem Eingang erweist sich die Höhle, die voll beleuchtet ist, in Breite und Höhe als doppelt so hoch, wie der Eingang es vermuten lässt.

Noch immer hört man das Blasen der Soldaten am Eingang. Plötzlich sehe ich Ehino, wie er sich hinter einem Felsvorsprung versteckt. Ohne nachzudenken durchlaufe ich den Höhlengang, um zu Akin und Ehino zu gelangen.

Nach kurzer Begrüßung kauern wir etwas nieder in diesem Versteck.

„Lasst uns weiter gehen", sagt Akin, „bevor die Soldaten mit ihrem Lärm fertig sind. So lange werden die Fackeln noch an den Wänden brennen. Die Höhlen haben viele Nebengänge, in denen können wir uns weiter beraten."

„Nehmt noch einige Fackeln von den Wänden, die noch nicht angezündet sind. Wir werden sie gut brauchen können."

Während ich das sage, ist Ehino schon am Einsammeln der Fackeln, die sich an den steinernen Wänden befinden. „Schau Akin. Ehino hatte den gleichen Gedanken." „Ein schlaues Kerlchen", gibt Akin mit einem Lächeln zurück.

Akin nimmt eine brennende Fackel ab und geht, ohne ein Wort zu verlieren, den Hauptgang der Höhlen entlang. „Folgt mir. Momentan haben wir nicht zu befürchten, dass uns Soldaten der Munalis entgegenkommen. Wir müssen die Zeit nutzen. Es ist immer noch vor Anbruch des Tages."

„Ehino, komm. Die Fackeln, die du gesammelt hast, müssen reichen, wir müssen Akin folgen. Er war schon als Kind in den Höhlen, wie du weißt, wir müssen uns auf ihn verlassen."

Akin geht von einem Höhlennebengang zum nächsten, ohne ein Wort zu sprechen. „Akin, weißt du überhaupt, wo du hingehst?" „Folgt mir einfach, ich habe noch im Kopf, wo wir damals das Nest der Brut der Munalis gefunden haben." „Das Nest?" „Ja, im Inneren der Höhlen befindet sich der Tempel der Munalis. Ich nenne ihn das Nest der verhassten Scheusale."

„Ihr wart dort?" „Ja. Aber dann mussten wir fliehen, die Soldaten der Munalis hätten uns gefangen und uns zu ihnen gemacht. Wie sie es …"

„Was haben sie gemacht?"

„Mein Bruder, meine Schwester, sie wurden geschnappt. Wir konnten nichts mehr für sie tun. Sie gingen auf der anderen Seite in den unterirdischen Tempel. Die vergoldeten Wände und das Licht, das hier herrscht, hat sie geblendet. Sie wurden am Eingang des Tempels freundlich empfangen und zugleich in den Bann der Munalis gezogen. Von da an gibt es kein Zurück mehr. Mein Vater und ich haben genau diesen Weg, den wir jetzt gehen, beschritten. Wir haben das Geschehen von oben beobachtet. Meinem Vater hat es schier das Herz zerrissen, als er gesehen hat, wie scheinheilig die Lakaien der Munalis sie begrüßt haben. Ich musste ihn an der Luke im Fels zurückreißen, während wir das Schauspiel angesehen haben. Er wäre hinuntergesprungen. In die Hände der Wächter des Tempels der Munalis. Sie hätten ihn in Sekunden zerrissen und er hätte ihnen nicht helfen können. Wir konnten nur noch beobachten, wie mein Bruder starr dagestanden ist. Sie ihm die Kleider vom Körper nahmen und ihm eine lederne Rüstung umlegten. Meine Schwester wurde von den Dienerinnen der Munalis an der Hand abgeführt. Wir sind dann weiter in die Höhlen geflüchtet."

„Und dein Onkel? Du hast gesagt, er hat euch geführt."

„Mein Onkel ... Ich traue ihm heute noch weniger als damals. Wie ich dir sagte, haben wir ihn erst wieder am Ausgang der Höhlen getroffen. Einzelne Rufe hat er uns gegeben, wie wir den Ausgang erreichen können, aber blicken hat sich der Schuft nicht lassen."

„Wir müssen weiter", gibt uns Akin zu verstehen, während er sich die Tränen aus dem Gesicht wischt.

„Ehino, zünde für jeden von uns eine Fackel an. Die Nebeneingänge, die wir nun beschreiten, sind dunkel."

„Bist du dir sicher, dass wir auf dem richtigen Weg sind, Akin. Sollen wir nicht die Karten noch einmal einsehen, um nicht in die Irre zu laufen?"

„Die brauchen wir erst, wenn wir aus dieser Hölle wieder herausfinden wollen. Der Weg zum Tempel der Munalis hat sich in mein Hirn gebrannt, ich kann es sogar riechen, wir sind genau richtig", gibt uns Akin zu verstehen. „Wir folgen dir", sind sich Ehino und ich einig.

Gänge, die immer enger und teilweise zusammengestürzt sind, überwinden wir. Beim Durchschreiten der Gänge fallen Steine von der Decke. Wasser tropft von der Decke, das sich in kleinen Rinnsalen und Pfützen sammelt. Immer wieder treten Durchbrüche auf, die aus Ziegeln gemauert waren. „Akin, ist das der richtige Weg? Es kommt mir vor, als ob wir immer weiter in das Erdinnere vordringen, es wird immer heißer hier, und die Gänge immer unwegsamer."

„Vertraut mir, Freunde. Wir müssen die Luke finden, in der ich damals mit meinem Vater das Geschehen beobachten konnte. Nur hier können wir uns sicher fühlen."

„Du hast Recht, Akin." Bei der Durchschreitung eines sehr engen Ganges fällt Ehino seine Fackel zu Boden, wo sie an dem feuchten, von der Decke tropfenden kleinen neben uns rinnenden Bächlein erlischt.

„Ehino, hast du dir weh getan?" „Nein", ruft Ehino. „Es ist nur so furchtbar dunkel hier." „Wir kommen zu dir." Als wir zu Ehino zurückgehen, hören wir ein Hämmern, das von unten kommt. Kurz darauf folgt das Blasen der riesigen Hörner, das die Soldaten der Munalis jeden Morgen am Eingang der Höhlen veranstalten.

„Wir sind fast da", sagt Akin. „Nur noch einige Hundert Meter und wir haben den Tempel der Munalis erreicht." „Hoffentlich nicht den Eingang, wo sie uns gleich bemerken?", frage ich Akin.

„Natürlich nicht. Die Luke in der Felswand, von der wir alles beobachten können. Kommt, es eilt."

Mit unseren zwei Fackeln begeben wir uns weiter auf dem Weg, den uns Akin ohne Kompromisse vorgibt. Still folgen Ehino und ich, den ich an der Hand führe Akin, der offensichtlich weiß, wo er hin will.

Gleich haben wir den Gang erreicht, in dem sich die Luke in der Steinwand befindet, gibt Akin zu erkennen.

„Wo ist Ehino?", fragt mich Akin. „Ich weiß nicht", gebe ich Akin zur Antwort, „gerade war er noch da."
    „Wir müssen ihn suchen. Er kann doch nicht weit sein?" Als wir einige Schritte zurückgehen, sehen wir Ehinos Umhängetasche am Boden liegen. „Er wurde entführt ... Wir haben uns zu sicher gefühlt in den Gängen. Es ist uns jemand gefolgt. Oder vielleicht mehrere", gibt Akin dazu.

Als wir den Gang weiter zurückgehen, sehen wir, dass der darauf folgende Durchgang mit Steinen aufgehäuft ist und uns dadurch der Zugang versperrt wurde.

„Sie haben ihn. Wir müssen zurück."

Voller Wut versucht Akin die Wand einzubrechen, die uns den Weg versperrt. Doch dahinter ist sie mit Holzbalken abgestützt.

„Akin. Es hilft nicht. Wir müssen nach vorne. Nimm die Umhängetasche Ehinos mit. Wir müssen jetzt durchziehen, was wir vorhaben. Nur so können wir Ehino retten."

„Diese Schweine. Sie nehmen mir nicht noch einmal ein Kind weg", ruft Akin und wirft mit seiner ganzen Kraft einen riesigen Stein gegen die Mauer, die uns den Weg versperrt.

Sitzend vor der grob angelegten Mauer zieht Akin unsere Feuerrohre aus der Tasche. „Was machst du, Akin? Wir dürfen unser Feuer nicht hier verschwenden und schon gar nicht in den engen Gängen entzünden. Es würde gegen uns schlagen."

„Das habe ich nicht vor. Mach dir keine Sorgen. Ich bin bei vollem Verstand.
　Wir haben nur noch einige Meter bis zur Luke in der Felswand vor dem Tempel der Munalis. Mir ist es lieber, hier unser Rohr zu stopfen. Jetzt ist bestimmt keiner mehr da außer uns beiden." „Du hast recht, Akin. Bereiten wir uns vor."
　„Gib mir die Tasche Ehinos. Darin befindet sich das Gemisch für das Feuer." „Ja, Akin."

„Pass mit der Fackel auf, sonst sind wir Asche ..."

Mit Bedacht nimmt Akin die zwölf Rohre, die er zu einer Salve zusammengebunden hat, und legt sie auf einen großen flachen Stein.
　Nach und nach stopft er Rohr um Rohr.

„Das Gemisch ist gut", teile ich Akin mit. „Nicht zu feucht und nicht zu trocken. So soll es sein."

„Ich bin fertig, wir können gehen. Hast du die Schlösser zu an den Rohren? Klar. Und trockener Zunderschwamm ist in jedes Schloss gelegt."

„Dann lass uns gehen. Es wird bald Mittag sein", gibt Akin zu verstehen. „Die Anführer der Soldaten versammeln sich da im Tempel und es werden um diese Zeit die Neuankömmlinge in einem Ritual in ihren Bund genommen."

„Dann lass uns noch vor Mittag ankommen", pflichte ich Akin bei.

Mit schnellen Schritten gehen wir die Gänge ab. Akin schreitet voran, als ob er genau wüsste, wo wir den Felsengang erreichen müssen.
      „Ich kann dir gar nicht mehr folgen, Akin." „Es eilt. Jetzt oder nie. Wir müssen uns beeilen."

Von Weitem kann ich Akins Licht der Fackel noch erkennen, als er auf einmal inne steht.
      „Hier ist es. Die Luke im Felsengang."
      Dort angekommen, zeigt mir Akin, wo wir in den Tempel der Munalis ungesehen eindringen können. Akin kriecht als Erster in das Loch der Felsenwand. „Ich gehe voran", sagt Akin. Reiche mir dann unsere Waffe und komme nach."

„Ja, Akin. Hier hast du sie." Ich mache unsere Fackel aus und folge Akin in den Gang.
      „Pass auf, am Ende des Ganges müssen wir ca. zwei Meter nach unten springen."

Angekommen im Tempel der Munalis müssen wir uns erst ein- mal die Augen reiben, so hell ist es hier. Hinter den Säulen neben dem Gang, aus dem wir gekommen sind, verstecken wir uns und beobachten, was in dem Tempel vor sich geht.

Ein riesiger Raum tut sich vor uns auf. In der Mitte des sakralen Raumes steht ein Altar aus purem Gold, der bis zur Decke reicht. Von da an stützt er sich an Stalaktiten, die aus der Decke mit dem uralten Altar verwachsen sind und bezeugen, dass er seit Urgedenken dort stehen muss.

Das Licht, das überall aus diesem so riesigen Raum das Bildnis so zum Glänzen bringt, dringt aus jedem Winkel, so dass man die einzelnen Ornamente nur schwer erkennen kann.

„Komm Akin, lass uns den seltsamen Altar genauer anschauen, ich will wissen, was hier abgebildet ist ...“

Langsam und vorsichtig nähern wir uns dem wunderbaren Gebilde. „Es ist noch niemand da, Akin.“

Als wir vor dem riesigen Bildnis stehen, können wir Strahlen erkennen, die aus der Krone des Altars ausgehen. Riesige weiße Strahlen, die sich über die Decke des Saales und sogar bis auf den Boden ergeben. Eine Wärme geht von diesem Gebilde es, das uns den Atem nimmt.

„Es ist nicht aus dieser Welt“, bricht es aus Akin hervor. „Dieses Ding ist nicht von dieser Welt.“

Ohne es zu bemerken, weichen wir vor dem großen Altar zurück und begeben uns in die Mitte des riesigen Raumes.

„Kannst du es erkennen Akin?“, frage ich ihn?

„Meinst du die Gestalt, die sich nun vor uns auftut in dem Gebilde auf dem goldenen Thron?“ „Ja.“

„Es ist Mun.

Der goldene Herrscher. Der, der Glück über das Volk brachte. Ihm wurde dieser Altar gebaut.“

„Er muss dann doch uralt geworden sein?“ „Ja, das war er ...“

„Er ist unser Urvater. Mun war es, der unsere Spezies auf diesen Planeten brachte. Er brachte den Sternenstaub mit, den wir Gold nennen. Was ist Sternenstaub? Sternenstaub entsteht, wenn zwei Planeten aufeinandertreffen. Dadurch entsteht so hohe Energie, dass dadurch Gold entsteht. Der Sternenstaub."

„Du meinst, er hat sich seinen eigenen Thron errichtet?" „Nein, die Menschen, die er mitgebracht hat, haben ihn errichtet und sind dem Gold verfallen."

„Mun wollte Licht in diese Welt bringen mit diesem leuchtenden Element. Sternenstaub. Als er ihn auf die Erde brachte, wurden daraus Klumpen, die die Menschheit zu Hass, Mord und Totschlag verleitet bis zum heutigen Tag.

Als Mun Herrscher war, waren die Menschen glücklich. Er hatte diese unterirdische Stadt errichtet für die Menschen, die er gebracht hatte, um sie vorzubereiten auf die Welt, die sie erwartet, wenn sie aus den Höhlen hinaustreten."

„Du meinst, aus Mun wurden die Munalis?" „Ja, sie sind seine Abkömmlinge. Sie haben den Thron errichtet an dem Platz, an dem Mun den Menschen gut zugesprochen hat. Sie wollten die komplette Kontrolle über die Menschen, die hier lebten. Als sie das Licht der Welt erblicken wollten und die unterirdische Stadt verließen, ließen sie diesen Altar errichten, um sie dingfest zu machen und zu knien vor diesem Gebilde.

Einige blieben, andere gingen und wurden entweder zu den Soldaten der Munalis, umgebracht oder konnten fliehen. Daraus wurden dann die Dörfler, die noch immer geduckt hinter ihren Fensterläden hocken und sich Munis nennen."

„Woher weißt du das alles, Akin?" „Es wurde hinter vorgehaltener Hand immer und immer wieder von unseren Vorfahren überliefert. Ich habe an die Geschichten, die ich aus meiner

Kindheit kenne, lange nicht mehr gedacht, aber jetzt sehe ich es direkt vor mir. Es ist wahr.

Lass uns nun den besten Platz erkunden, um unsere Feuerzunge zu positionieren. Es wird nicht mehr lange dauern und der Saal wird voll von Anhängern der Munalis sein. Ja, und sie werden auch da sein", gibt Akin mit glühenden Augen zu verstehen.

EINTRITT DER MUNALIS

Plötzlich hören wir lautes traben, marschieren. „Die Soldaten, sie kommen. Schnell verschanzen wir uns hinter den Säulen des Saales, aus dem wir gekommen sind. Wir haben zu lange gewartet", bricht es aus Akin hervor. „Das wird sich noch herausstellen", gebe ich ihm zurück. „Jetzt kommt es darauf an."

„Auf was?" „Akin, behalte die Nerven." „Beobachten wir nun den Vorgang der Prozession und greifen dann ein, wenn es am besten scheint."

Hinter den Säulen beobachten wir das Geschehen. Vorne heran betritt der „Weiße Munalis" den Raum. Groß und mit goldenen Schnüren behängt tritt er auf. Rings um ihn herum junge Frauen, die wir im Dorf schon gesehen haben, geleiten ihn in den Saal. Mit weißen leichten Gewändern schwirren sie um ihn herum wie Schmetterlinge, die den Frühling begrüßen.

Hinter ihnen die Soldaten, die ihre Hörner in Anschlag halten.

In der Mitte des Saales bleiben sie stehen. Mit wehendem Gewand, obwohl sich kein Lüftlein rührt, steht der „Weiße Munalis" da.

Als er die Hände erhebt, weichen die Frauen um ihn herum und die Soldaten heben die Hörner, um ihren ohrenbetäubenden Lärm zu blasen.

Nach diesem Schauspiel gibt der „Weiße Munalis" einen Wink in Richtung des goldenen Altars. Kurz darauf führen die Frauen entgegengesetzt der Richtung, aus der sie gekommen sind, einen Jungen in den hell beleuchteten Saal.

„Ehino", ruft Akin. „Sei still", sage ich zu ihm und kann ihn nur noch schwer zurückhalten. „Wir müssen jetzt noch warten. Sie wollen ihn zu den ihren machen."

„Halte die Rohre bereit. Es dauert nicht mehr lange und dann können wir zu schlagen." Mit geballten Fäusten kauert sich Akin wieder hinter die Säulen, in denen wir uns versteckt halten.

Ehino steht mit weißem Leinen bekleidet in der Mitte des Saales. Seine Haare sind glatt, sein Körper frisch gewaschen, wie es scheint.

„Was haben die Weiber mit ihm gemacht?", brodelt aus Akin hervor. Er hält die zwölf Rohre, die wir als unsere Waffe halten, fest in der Hand.

Hinter dem goldenen Altar tritt der „Schwarze Munalis" hervor. Schwebend und dann hart zu Boden tretend begibt er sich neben Ehino und den „Weißen".

„Du wolltest wohl das Ritual alleine vollziehen, das uns wieder zu Menschen macht, Bruder? Und dafür hast du dir das Menschlein geholt und wolltest, dass du zur Größe Muns ankommst?
    Mun ist tot. Schon lange. Und ich habe seine Kraft erlangt. Ich bin sein Erbe. Du entstammst aus einem Fehltritt Muns, Mora hat dich geboren, und da wirst du auch wieder enden. Also lass mich zu Ende bringen, was ich vorhabe."

Aus unserem Versteck sehen wir, wie der „Schwarze" immer mehr zu einem krallenden fürchterlichen Scheusal wird. Mit einem überlangen Arm greift er um des Weißen Hals, ohne dass er es bemerkt. Die roten, dämonisch glühenden Augen des Schwarzen stieren nach seinem Nacken. „Meine Mutter Mora wird dich holen ..."

ANGRIFF

Ehe ich mich versehe, bricht Akin aus unserem Versteck mit unserer Feuerzunge aus in Richtung der Munalis. Ich kann das nicht mehr länger mit ansehen.

Ohne mich zu fragen, nimmt Akin unsere Waffe und rennt in die Mitte des Saales, wo sich die Munalis befinden.

Auf den Knien rutschend hält er das Zwölfer-Rohr gegen den Weißen und den Schwarzen Munalis, die noch immer in ihrer Geistigkeit verfangen sind.

Kurz entschlossen folge ich Akin und reiße Ehino weg von den Munalis, die sich in ihrem ewigen Streit um ihre Herrschaft bis zur Geistigkeit gebracht haben.

„Das verdammte Ding geht nicht an", flucht Akin, während die Munalis sich in einem Sprung auf Akin aufmachen.
„Hau mit dem Schloss auf den Boden", rufe ich Akin zu. „Vielleicht springt ein Funken."

Als ich bei Akin angekommen bin, haue ich mit aller Gewalt mit meinem Messergriff auf die Steinplatte. Funken sprühen. „Akin, es ist Feuerstein unter uns."

Akin zieht das Schloss unserer Feuersalve über die Steinplatte. Plötzlich zündet eines unserer Feuerrohre.

„Jetzt gebt Feuer." Ehe sich die Munalis versehen, zündet ein Rohr nach dem anderen. Akin und ich halten das Feuerrohr gemeinsam gegen den Weißen und den Schwarzen.

Getroffen! Unsere Feuerzunge schlägt das Feuer direkt gegen sie. Der mindestens zehn Meter lange Feuerstrahl hat sie mit der größten Hitze erreicht.

Akin hält unsere Waffe mit voller Kraft in seinen Armen. Als ich die Zündrohre vor Hitze nicht mehr halten kann, nimmt Akin sie in seine Arme und sprüht das Feuer unter lautem Schreien zu dem Weißen und dem Schwarzen Munalis.

„Ihr Hunde, geht zum Teufel – ich befördere euch in die Hööölllllleeee!"

Mit verzerrten Gesichtern schauen sie uns an, während sie sich zusammenziehen in dem Feuer, das wir entgegenhalten verzehren.
   Grässliche Fratzen, die wir während dieser Bekämpfung ansehen müssen, stieren nach uns.

„Sie können es nicht begreifen, dass wir sie jetzt grillen", schreit Akin aus sich heraus.

Eine Pratze, die aus dieser Feuersalve herausragt, hackt Akin mit seinem Messer ab. Schmorend liegt sie am Boden. Die grässlich verbrannten Finger bewegen sich immer noch, als ob sie nach uns greifen möchten.

Mit einem festen Fußtritt versetzt Akin dem abgetrennten Teil einen Hieb, worauf es durch den ganzen Raum fliegt.

Jetzt erst sehen wir, dass die Soldaten wie angewurzelt dastehen. „Akin, hole Ehino. Wir müssen fliehen, bevor die Soldaten der Munalis verstanden haben, was hier passiert ist."

Sie kommen schon auf uns zu … Wie im Flug läuft Akin zu Ehino, nimmt ihn unter den Arm und kommt wieder zu mir zurück.

„Akin, ich habe gesehen, dass die ganze Beleuchtung des Saales nicht mit normalen Fackeln behängt ist." „Ja, und?" „Was hat das zu bedeuten?"

„Dass die Fackeln mit etwas anderem befeuert werden, und zwar mit Gas, das aus der Erde kommt."

„Woher kommt das Gas?", frage ich Akin. Hinter dem Altar habe ich eine tönerne Leitung gesehen. Ich dachte, dass es eine Wasserleitung ist, aber hier befindet sich nirgends Wasser. Vielleicht führen sie hier das Gas dem Raum zu, der ihn so hell erleuchten lässt.

Ohne Akin zu fragen, nehme ich einen losen Stein vom Boden und laufe in Richtung des Altars. Links und rechts kommen mir Soldaten der Munalis entgegen, die, wenn ich ihnen zu nahe komme, auseinanderrennen. Erst jetzt merke ich, dass Akin mir folgt und die Soldaten einen nach dem anderen niederschlägt.

Angekommen hinter dem Altar finde ich die Stelle gleich, die die Zufuhr des Gases für die Befeuerung sein muss. Mit einem harten Schlag meines Steines schlage ich ein großes Loch in das Tonrohr. Grässlicher Gestank tritt aus dem Rohr aus. Es ist Schwefelgas. „Akin, lauf, es verätzt uns."

„Schnell, gib mir eine Fackel, die noch brennt."

„Geht zu den Säulen, aus denen wir gekommen sind, Akin, nimm Ehino mit. Schnell."

Gerade komme ich den Soldaten der Munalis noch aus, als ich die brennende Fackel in das Loch in der Wand werfe, das sich neben dem Altar befindet.

Wie erwartet tritt hier eine Stichflamme aus und der ganze Raum faucht aus den Röhren, die mit dem Schwefelgas befeuert wurden.

Mit einem Sack unseres Gemisches, das sich auch entzündet, verursachen wir eine Explosion, die die Soldaten der Munalis zurückdrängt.

DIE FLUCHT

Akin zieht mich mit fester Hand zurück in das Loch in der Felsenwand. „Wirf noch etwas Zündmaterial in das Loch, damit sie uns nicht so schnell nachkommen", pflichte ich Akin bei, da ich froh bin, den Soldaten entkommen zu sein.

„Die Biester bekommen noch, was sie von mir wollen", spricht Akin und zeigt mir ein Rohr, das er offenbar aufgehoben hat.

„Wir sind noch nicht draußen. Es kann noch viel kommen. Da hast du recht, Akin."

„Wie geht es Ehino?" „Er ist benommen … Aber er spricht dauernd von Mun … Er ist in Trance."

„Pack ihn gut ein und lass ihn. Wir müssen ihn tragen. Ich nehme Ehino über die Schulter. Wir müssen ein Versteck finden, um die Karten einzusehen, damit wir hier herausfinden können."

„Kommt, gleich hier neben dem Gang ist eine Luke. Mein Vater und ich haben uns damals auch hier verschanzt, als die Soldaten der Munalis an uns vorbeigezogen sind."
    Nach wenigen Metern erreichen wir die Luke, die uns Akin beschrieben hat. Fast nicht zu sehen ist der kleine Schlitz in den Höhlengang, der uns Unterschlupf bietet und einen Winkel ausmacht, der eine Sicht aus den Gängen zu unserem Versteck nicht möglich macht.

„Akin, zünde eine Fackel an, hier ist es furchtbar dunkel." „Der Schein der Fackel wird uns verraten", pflichtet Akin bei. „Ich denke nicht. Außerdem bleibt uns nichts anderes über, als uns jetzt einen Plan zurechtzumachen, wie wir weiter verfahren.

Die Soldaten der Munalis sind hinter uns her und wir wissen nicht, wie viele es sind, die uns verfolgen."

„Wir haben bestimmt sehr viele der Soldaten durch unser Feuer vernichtet, und den Weißen und den Schwarzen Munali haben wir auch aus dieser Welt verbannt, aber die Wächter der Munalis haben sich nicht im Saal befunden, als wir unser Feuer entzündet haben. Ich denke, sie wussten, dass wir Ehino nicht kampflos hergeben werden, und sie haben sich selbst in Schutz genommen."

„Ihre Untertanen, die in dem goldenen Saal das Ritual vollzogen haben, waren ihnen egal. Sie haben sie geopfert, um uns ausmachen zu können."

„Ja, und jetzt müssen wir die Karten studieren, um aus diesem Labyrinth wieder herauszukommen."

„Zündet jetzt die Fackel an, ich habe die Karten schon parat." Akin reibt noch einmal einen Stein an dem Steinboden, der unter uns in dem Versteck liegt. Abermals ergibt der Rieb Funken. Nach anfänglichem Glimmen der Fackel ergibt sich eine Flamme, die sie schließlich ganz zu Feuer bringt.

„Akin, schau", sage ich vor Begeisterung. Als die Fackel den kleinen Gang erhellt, sehen wir eine Tür, die sich an der Seite des Raumes befindet. Lass die Karten beiseite, hilf mir, die Türe zu öffnen.

Mit Bedacht erhebt sich Akin. Die Türe ist aus uraltem Holz, mit Metallbeschlägen und einem uralten Schloss.

„Kannst du das Schloss aufbringen?", frage ich Akin.

„Ich werde es versuchen." Mit Bedacht tritt Akin an die Tür, nimmt sein Messer aus seinem Gürtel und treibt es wie einen Keil mit dem Fuß unter die hölzerne Tür.

Gib mir jetzt auch dein Messer, gibt mir Akin zu verstehen.

Mit meinem Messer sucht er die Schlitze der Türe ab, als er auf einen Widerstand oberhalb der Türe antrifft. Hier ist das Schloss. Mit einem Schlag auf den Knauf meines Messers, das er an der gefundenen Stelle des Schlosses angesetzt hat, öffnet sich das Türschloss.

Erledigt, gibt Akin uns zu verstehen.

Mit einem lauten Knarren öffnen wir die Türe. Staub und Dreck fällt aus dem Rahmen der Türe, als wir sie öffnen. Anfangs sehen wir nur „Dunkel".

„Akin, halte die Fackel in den Raum." Mit einem Knistern, das die Fackel den verbrennenden Staub von der Decke fallen lässt und unseren Fackeln kleine Sternchen nach oben gibt, erhellt es den Raum. Unsere Augen brauchen einige Zeit, um sich an die Umgebung zu gewöhnen, die sich vor uns auftut.

„Kommt herein", spricht Akin.

Mit aller Vorsicht betreten Ehino, Akin und ich den unbekannten Raum. Groß tut sich der Raum vor uns auf. In der Mitte steht ein großer Tisch.

„Was ist das an den Wänden?", frage ich Akin?
 „Es, es sind Sakis." „Was sind Sakis?"

„Tiere, die an den Wänden hängen und Netze bilden, um andere Tiere darin zu fangen und auszusaugen."
 „Das sind Spinnen", antworte ich Akin. „Welche Tiere fangen sie?" „Ratten, Mäuse."

„Dann müssen sie sehr groß sein. Dann hoffen wir, sie lassen uns in Ruhe", sage ich und fege den großen Tisch mit einem

Holzscheit ab, das am Boden liegt. Akin tritt die grässlichen Viecher zu Tode, die sich am Boden bewegen.

„Breitet jetzt die Karten aus. Wir müssen den Ausgang aus diesen Höhlen finden, bevor wir gefunden werden."

„Hier", sagt Akin. Auf der letzten Seite der Karten, während sich ein riesiges Spinnentier auf die Karten niederlässt. „Genau hier ist der Ausgang."

Akins Onkel hat noch einen Hinweis gegeben, bevor er den Munalis verfallen ist. Das ist er uns schuldig.

Laut den Karten muss es in diesem Raum eine Falltür geben, die den Ausweg aus den Höhlen nimmt.

Akin geht den großen Raum ab. Am Ende des Raumes findet er einen Holzdeckel, der an der Wand angebracht ist. Das ist keine Falltür, sondern ein Eingang zu einer Treppe. Ich habe ihn aufgebrochen.

Das „X", ja das „X". Die Bretter des Deckels sind durch ein hölzernes „X" zusammengenagelt. Das ist es.

Zusammen schaffen wir den großen Holzdeckel zur Seite. Du hast ganze Arbeit geleistet, Akin. Sogar die eisernen Scharniere hast du aus der Wand gerissen.

Vor uns tut sich ein dunkler Schacht auf, der mit Tausenden von Spinnweben verhangen ist.
    „Nehmt eine Fackel und brennt die Spinnweben an. Vielleicht bekommen wir dadurch Sicht in diesen Schacht und wir müssen nicht durch diese grauslichen Netze schlüpfen."

Nachdem ich die Fackel in diesen Raum halte, ergibt sich ein Knistern. Die Spinnenweben brennen. Wie Zunder.

An den Wänden fliehen zahllose Spinnentiere nach unten in den Schacht. Die, die das Feuer ihrer eigenen brennenden Nester erreichen, fallen von den Wänden. Zusammenkrallend fallen sie die Treppen hinunter. Grässlicher Gestank kommt uns von den verbrennenden Spinnentieren entgegen, die durch die entstehende Hitze aufplatzen und verschmoren.

Voll Graus flüchten wir vor diesem Treppengang. „Lasst erst mal das Feuer uns den Weg frei machen", sagt Akin.

„Klar, meinst du im ernst, einer von uns würde da jetzt hineingehen", pflichte ich Akin bei, während ich Ehino unter den Arm nehme und ihm sein Hemd vor Nase und Mund halte.

Der Raum, den wir betreten haben, ist eben so voll mit Rauch und Gestank wie der Treppengang selber. Wir müssen nochmals in die Gänge hinaus. „Macht die Türe hinter euch zu."
Nach ein paar Minuten in den Gängen haben wir uns von dem Graus, der uns widerfahren ist, erholt.

„Schnauft erst mal durch. Pfui Teufel, war das grausam", sagt Ehino, und riecht an seinem Hemd. „Den Gestank werde ich mein Leben nicht vergessen."

„Ja, Ehino, ich auch nicht, aber hört ihr, wie es durch die Gänge dröhnt … Unsere Verfolger sind uns kurz auf den Fersen."

„Wir müssen zurück zu den Treppen. Es bleibt uns nichts anderes übrig."

„Zurück in diesen Gestank, niemals", meint Ehino, und hält sich sein Hemd mit Ekel vom Körper.

„Wir müssen", sagt Akin und nimmt Ehino beim Hemdkragen, „und du kommst mit."

Als wir den Raum betreten, ist der meiste Rauch verzogen und es zeichnet sich ein freier Luftzug ab, der zu dem Eingang zu den Treppen weist.

„Kommt, der Weg ist jetzt frei. Wir müssen die Treppen nach unten gehen. Der Luftzug weist uns den Weg aus den Höhlen."

„Das ist unsere Chance. Wir müssen sie jetzt nutzen", schreit Akin heraus, zückt sein langes Schmiedemesser und haut uns den Weg aus den verkohlten stinkenden Spinnenhäuten, die von den Wänden hängen, frei.

Mit Zuversicht folgen wir Akin, der wie ein Berserker um sich schlägt und uns den Gang über die Treppen erleichtert.

Die einzige Fackel, die uns noch geblieben ist, gibt uns Licht, um die Treppen, die schier endlos wirken, passieren zu können.

Hinter uns hören wir lautes Getrampel. Sie sind hinter uns her. Die letzten Soldaten der Munalis haben ebenso den Zugang zu den Treppen gefunden.

Wenn wir unten angelangt sind, werden wir sie gebührend empfangen, sage ich und klopfe auf die Umhängetasche, in der sich unser letztes Feuerrohr befindet.

„Ich sehe Licht", ruft Akin. „Wir sind da."

Nach wenigen Metern erreichen wir den Ausgang des Ganges.

„Licht, Licht", bricht es aus jedem von uns heraus.

„Ja", sagt Akin, „und endlich mal eine Tür, die wir nicht aufbrechen müssen ..."

Als wir da sind, sehen wir an dem Ausgang, den wir erreicht haben, eine große Holztüre, die offen steht, als wir aus dem Gang treten.

„Macht sie zu, schnell, sie sind uns auf den Fersen, sie kriegen uns."

„Aber nicht, bevor wir ihnen unsere Feuerzunge entgegenstrecken", gibt Akin mit strenger Miene zurück.

Behutsam nehmen wir unser letztes Feuerrohr aus der Tasche. Stopfen es mit unserem Gemisch, verschließen es mit unserem Schloss und warten, bis das Getrampel unserer Verfolger immer näher kommt.

„Setzt das Rohr jetzt in Position und haltet die Fackel bereit, sie werden gleich kommen", befiehlt Akin, und hält die Türe des Ausgangs fest in den Händen.

Als die Schritte immer lauter werden, entzünden wir das Rohr an der Klappe und schließen die schwere Türe des Ausgangs.

Noch hören wir das Züngeln des Zünders, als wir uns schnell vom Ausgang entfernen.

Kurz danach tritt eine riesige Explosion ein. Einige Sekunden nach der Entzündung sehen wir, dass sich aus den Luken der Höhle Feuer und Rauchsäulen erheben.
Das kann keiner der Munalis-Soldaten überlebt haben.

Wir haben es geschafft … Auch die letzten Soldaten haben wir jetzt vernichtet.

„Sie brennen. Sie brennen",

schreit Akin aus sich heraus, zückt sein Schmiedemesser und sticht es tief in die Türe, hinter der die Explosion die letzten Soldaten der Munalis für immer vernichtet hat.

„Wir sind jetzt Brüder. Alle meine Ahnen haben es so gemacht, wenn sie eine Schlacht gewonnen haben, und wir haben die größte Schlacht unserer Welt gewonnen", sagt Akin, und legt den Unterarm an die Schneide des in der Türe steckenden Messers und zieht den Arm mit einem Ruck über die Schneide.

„Macht es mir nach."

Ebenso wie Akin gehen Ehino und ich zu dem in der Türe steckenden Messer und schneiden uns eine Wunde in den Unterarm.

„Lasst uns nun unser Blut vereinen. Wir haben geschafft, was wir uns vorgenommen haben. Das macht uns zu Brüdern, also soll sich unser Blut vermischen."

Mit Stolz machen wir, was uns Akin vorgeschlagen hat.

Als Akin sein Messer aus der Türe zieht, öffnet sich die Türe noch einmal und der Gestank und der Rauch des in Brand gesteckten Ganges tritt uns entgegen.

Laut polternd hören wir etwas, das über den Gang herunterrollt. „Ein Stein", sagt Akin.

Nein. Ein Schädel. Es ist der Schädel des „Weißen".

„Wie konnte er uns so lange folgen? Wir haben ihn doch schon in dem großen Saal vernichtet."

„Ein Dämon stirbt nicht nur einmal."

„Jetzt allerdings kann er uns nichts mehr anhaben", pflichtet Ehino bei.

„Nehmt den Schädel mit und steckt ihn in Ehinos Sack."

„Nun lasst uns gehen", wirft Akin ein und schließt die Türe mit Bedacht und schleift einen großen Stein davor.

DER HEIMWEG

Als wir uns umdrehen, sehen wir das Dorf, das uns so gut bekannt ist, in dem wir unsere Schmiedeware feilgehalten haben. Wir haben erlebt, wie die Munalis darübergefegt sind, die die Menschen geknechtet haben. Wir uns auf den Weg gemacht haben, die Munalis zu bezwingen, Ehin sein falsches Spiel getrieben hat als Mittler der Munalis, Akins Onkel mehr wusste, als er uns sagte, wir die Berge bestiegen haben, in den Höhlen gekämpft haben und Ehino befreit haben, Sakis verbrannt und den Munalis gegenübertraten.

Es führt zwar kein Weg zum Dorf, aber ich denke, wir finden trotzdem sehr gut hin, gibt uns Akin mit einem Lächeln im Gesicht zu verstehen.

Das werden wir, Akin, du Haudegen.

„Verlassen wir diesen Ort, bevor wir den Gestank der verbrannten Spinnen gar nicht mehr loswerden." „Ja", sagt Akin. „Lasst uns gehen."

„Am besten gehen wir die Felsen oberhalb des Dorfes ab. So kommen wir direkt zur Schmiede."

„Akin, weichst du dem Dorf aus?" „Ja, ich will zurück in unsere Schmiede. Zu lange haben wir sie alleine gelassen und ich will wieder auf das Eisen hauen, wie ich es gewohnt bin."

„Genau so machen wir es. Wir freuen uns auch, wieder in der Schmiede zu sein."

„Ehino, wie geht es dir? Kannst du deinen Rucksack selber tragen?" „Ja", gibt uns Ehino mit einem Schmunzeln im Gesicht zurück. „Du bist ein Schlingel", sagt Akin, und nimmt ihn in den Arm, als Ehino versehentlich einen Stein, der am Rand des Ausganges liegt, ins Rollen bringt. Unter lautem Poltern rollt der Stein hinunter.

„Hey", sagt Akin. „Wir müssen aufpassen. Schon einmal ist uns der Junge in den Serpentinen hinuntergerutscht. Das soll nicht noch einmal vorkommen", und zieht Ehino am Ohr.

„Lasst uns gehen", schlage ich vor. „Der Weg ist noch lange und zu essen und zu trinken haben wir auch nichts mehr."

Nach einer Weile verlassen wir den Felsenkamm und tauchen in den tiefen Wald ein, der vor uns liegt. „Endlich wieder frische Waldluft in der Nase", wirft Akin ein. „Spült euch die Lungen durch. Nach dem Mief in den Höhlen und dem Gestank der verbrannten Spinnen können wir das gebrauchen." Als Ehino tief einatmet überkommt ihn lautes Husten, das in einem Erbrechen endet. „Ehino, was ist?", frage ich. „Mir ist schlecht. Bitte sprecht nicht mehr von dem Gestank der Spinnen, sonst vergesse ich ihn nie." Lachend sagt Akin: „In ein paar Jahren wirst du mit Stolz darüber sprechen, wie du die Spinnen angerannt ... Entschuldige. Ist wohl besser, wir reden momentan nicht davon." Als sich Ehino den Mund abwischt, wirft er Akin einen strafenden Blick zu.

„Lasst uns weiter gehen", schlage ich vor, während Akin ein lustiges Lied anstimmt.

„Dem Wirt seine Alte hat an fetten Arsch
**   Drum ist der Wirt früh und Nacht gar so barsch**

Dem Bub san krumme Haxn gwachsn ......"

Plötzlich ist Akin still und greift sich ans Bein. Ein lauter Schrei gellt aus seiner Kehle:

„Soldaten."

Schnell nehme ich Akin unter den Arm und bringe ihn hinter einem großen Eichenbaum in Schutz. „Ehino, komm. Lauf zu Akin und haltet euch ruhig." Nach einer Sekunde steht Ehino neben uns und beugt sich zu Akin runter. Mit einem Ruck schleudere ich meinen Rucksack zu den beiden, aus dem ich vorher mein Schwert gezogen habe.

Als ich beim Umdrehen mein Schwert hebe, steht schon ein Munalis-Soldat vor mir. Mit fletschenden Zähnen, der Geifer aus seinem Gebiss rinnend steht dieser riesige Golem vor mir.

Mit einem lauten Kampfschrei lasse ich mein Schwert mit aller Kraft auf ihn nieder. Der Schlag trifft seinen rechten Oberarm, der ihn dem Golem abtrennt.

Ebenso mit einem lauten Schrei lässt er sein Schwert fallen, das er am Ende mit der linken Hand gehalten hat und hält seine Wunde zu. Nach dem zweiten Ausholer drehe ich mich um meine Achse und schlage dem Biest den Kopf von den Schultern.

Rechts neben mir fällt ein zweiter Soldat, den ich im Kampf mit dem Golem gar nicht bemerkt habe. Ein Messergriff ragt aus seinem Hals. Akins Wurfmesser.

Aus ein paar Meter Entfernung rennt ein weiter Soldat auf mich zu. Als er mich erreicht, trete ich zur Seite und schneide ihm mit meinem Schwert den Bauch auf. Fallend in seinem Rennen überschlägt er sich und bleibt im Gebüsch regungslos liegen.

Nach dem gewonnenen Kampf laufe ich zu Akin und Ehino. Akin hält sich unter Schmerzen sein Bein. Die Schweine haben mir einen Pfeil ins Bein geschossen. Im Oberschenkel Akins steckt ein kurzer Pfeil, der wohl von einem Blasrohr stammt. Hoffentlich ist er nicht vergiftet, schießt es mir durch den Kopf.

„Zieht ihn raus", befiehlt Akin. „Aber wenn ..." „Nichts wenn. Zieht ihn raus. Er ist nur ins Fleisch eingedrungen." Mit einem beherzten Zug ziehe ich Akin den Pfeil aus dem Oberschenkel. „Ehino, geh zu dem kleinen Bach und schäle Weidenrinde von den Ästen, um die Blutung der Wunde zu stillen und gib Akin eine Hand davon zu kauen, um seine Schmerzen zu lindern."

Nach dieser Behandlung wird Akin allmählich ruhiger und die Blutung der Wunde lässt nach.

Die Nacht bricht herein. „Ehino, wir müssen Äste und Fichtenzweige holen, um eine kleine Unterkunft für die Nacht zu schaffen. Es wird in diesen Nächten schon empfindlich kalt."

Nach wenigen Augenblicken haben wir eine Unterkunft errichtet, die uns Schutz in der Nacht geben wird. Als wir in die kleine Luke kriechen, die wir als Eingang frei gelassen haben, verschließen wir diese mit einem großen Fichtenzweig.

„Es beginnt zu regnen", meint Ehino. „Ich wusste es, darum habe ich vorgeschlagen, dieses Waldzelt zu erstellen."

„Schlaft jetzt, der Tag war ereignisreich genug." Als ich dies sage, liegt Akin schon in tiefem Schlaf. „Die Weidenrinde, Ehino, sie wirkt. Gute Nacht."

Früh morgens weckt uns ein Fuchs, der mit seiner Schnauze unter den zu Boden hängenden Fichtenzweige neugierig hereinschnuppert. Mit einem Stein, der in unserem Lager liegt, wirft Akin nach dem Tier, das die Nase seiner Meinung zu tief zu uns hereingesteckt hat.

Mit einem Jaulen gibt der Fuchs Fersengeld. „Füchse mag ich nicht. Wo die hin pissen, stinkt es mir zu viel."

„Akin, du brauchst ja nicht dableiben." „Also brechen wir auf", meint Akin. „Nächste Nacht will ich in der Schmiede verbringen."

„Merkst du was, Ehino? Akin ist wieder auf dem Damm. Schneiden wir Akin noch einen starken Stock ab, damit er sich stützen kann." „Schau", sagt Ehino, „der Stecken, mit dem wir unser Waldzelt aufgestellt haben, hat eine Gabelung." „Sehr gut, Ehino, das ist die richtige Stütze für Akin. Die Länge passt auch. Dann los. Machen wir uns auf den Weg."

Auf allen vieren kriecht Akin aus dem Waldzelt. Helft mir auf. Wir packen Akin unter den Armen und stellen ihn auf. Mit dem Stecken mit der Gabelung wagt Akin die ersten Schritte. Es geht. Es geht sehr gut, gibt Akin zu verstehen.

„Auf. Hängt mir meinen Rucksack um und lasst uns gehen. Ich denke, wir sind kurz nach Mittag bei der Schmiede." Gut, dass Akin den Wald kennt wie sonst keiner. Jeden markanten Baum, der durch seine Größe oder durch besondere Baumkronen sich aus dem sonst gleich aussehenden Wald hebt, nimmt Akin als Wegpunkt, bis wir auf einen kleinen Waldpfad treffen.

„Jetzt sind wir richtig", sagt Akin. „Der Weg führt uns direkt zur Schmiede." „Ist das der Pfad, der zum Waldbach führt?" „Ja", sagt Akin, „und der sagt uns, dass es nur noch eine Stunde zur Schmiede ist."

Nach der besagten Stunde erreichen wir die Schmiede. Akin wirft die Stütze von sich und trabt voll Erleichterung seiner Schmiede zu.

Mächtig steht sie da in der Lichtung, die uns so bekannt ist. Das Schallen des Wasserrades, das den Hammer der Schmiede antreibt, gibt uns das Gefühl, zu Hause angekommen zu sein.

Akin ist nicht mehr zu halten und sucht während seines hinkenden Ganges in seinem Umhängerucksack nach dem Schlüssel zur Schmiede.

Angelangt an den zwei steinernen Stiegen zur Tür der Schmiede stellt Akin ein Bein auf den obersten Stein und steckt den Schlüssel in das schwere Schloss.

„Kommt, endlich sind wir da." „Akin, ich helfe dir", ruft Ehino. „Lass ihn", rufe ich Ehino zu. „Er will es selber tun."

Zuerst sperrt sich das Schloss. Nach einigen Versuchen springt die Türe zur Schmiede auf. Der typische, uns so bekannte Geruch von kaltem Rauch und der dumpfe Geruch der Eisenschlacke, die noch am Abschlagplatz neben der Esse liegt, schlägt uns entgegen.

„Kommt herein, Freunde." Als wir den ersten Fuß in die Schmiede setzen, waten wir in Wasser, Schlamm.

Akin schrickt zurück. Das Dach. Wir haben die Schmiede verlassen, obwohl der Munalis unser Dach beschädigt hat.

„Akin, wir sagten doch, wir werden es richten, wenn wir wieder zurückkommen." „Ja", sagt Akin wie benommen. „Ich habe es die Zeit über, als wir weg waren, vergessen. Es war so viel." „Mach dir keine Sorgen, Akin. Es sind nur Teile des Daches. Der Regen ist dort eingetreten und hat den Boden eingeschlämmt." Als wir die Schmiede betreten, steht die Esse wie eh und je in voller Pracht da und das Loch im Dach gibt uns gute Sicht über den gesamten Raum der Schmiede.

„Es ist alles da, wo es war, Akin. Morgen machen wir uns um die Löcher im Dach."

„Wirst du da überhaupt noch bei uns sein?", fragt Akin. „Ich weiß es nicht", antworte ich Akin.

„Das musst du wissen. Ich kann dich nicht halten."

„Holt Holz. Wir wollen einheizen, so wie es sich für eine Schmiede gehört", befiehlt Akin, ohne weiter über mein Dableiben zu reden.

Als wir die Esse befeuern, fühlen wir uns endlich ganz zu Hause. Unser Schlaflager ist von der Nässe frei geblieben und wir legen Akin erst einmal auf sein Lager und erneuern den Verband der Wunde mit neuen Weiderinden.

„Gebt mir was zu saufen, Freunde. Ich will feiern. Macht ein Fass auf, das ist es mir heute wert."

Als wir Akin einen Humpen voll frischem Bier geben, schläft er nach ein paar Schlucken ein. Ehino und ich sitzen vor der Esse, die uns Licht und Wärme verschafft. Nach dem zweiten Prosten zu meinen Freunden schläft auch Ehino neben mir ein.

Gefühle, erfüllt von den Erlebnissen der letzten Tage, Wochen, Monate, überkommen mich. Gedanken, die ich trage, seit ich diese Welt betreten habe. So selig und jetzt wieder behütet, wie meine Gefährten den Schlaf antreten, kann ich ihnen nicht folgen, da mich das Gefühl beschleicht, doch nicht einer von ihnen zu sein. Die Fremdartigkeit dieser Welt beschleicht mich, das Werk, das wir uns vorgenommen haben, beendet ist.

Ich lege Ehino auf seinen Schlafplatz. In meinen Händen schnauft er noch einmal tief auf, ohne seinen Schlaf zu verlieren.

Im Licht des Essefeuers sehe ich den Sack, in dem sich der Schädel des „Weißen" befindet.

Ein Eisenstock zur Formung eines Lagenstahls, wie ihn Akin und ich falteten, um die Rohre zu schmieden, liegt neben der Esse. Ich lege ihn ins Schmiedefeuer. Als er rot glüht, nehme ich ihn und spieße damit den Kopf des „Weißen" auf und stecke den Spieß mit dem Kopf neben die Türe an der Schmiede. Zu zeigen, dass wir die Bezwinger der Munalis sind.

Am Morgen, der durch die Waldwipfel späht, mache ich mich auf den Weg, zurück, wo ich hergekommen bin, obwohl mir der Weg nicht bekannt ist, wie ich wieder zurückkommen sollte.

Als ich am Wasserrad, das den Schmiedehammer betreibt, vorbeikomme, steht Akin vor mir und hält mir seine Hand entgegen.

„Fremder, oder wie wir dich genannt haben. Willst du jetzt gehen? Nach allem, was wir zusammen erlebt haben?

Ich habe einen Schmiedeschurz für dich. Mein Vater hatte ihn, kurz bevor er starb, gefertigt. Wenn du bei uns bleibst, sollst du den Schurz bekommen und den Namen meines Vaters tragen."

Als Akin hinter sich greift, zieht er einen hirschledernen Schurz hervor, der den Namen „Akon" eingebrannt hat.

„So wollen wir dich jetzt nennen. Hast du etwas zu verlieren in deiner ‚Jetzt vorherigen Welt'?"

„Nein Akin, das habe ich nicht, und ich nehme euer Angebot an, hierzubleiben."

„Dann komm zurück zur Schmiede und wähle dir einen Hammer aus, den du zum Schmieden brauchen wirst."

„Den werde ich mir selber schmieden, Akin ..." „So ist es gut. Du wirst bestimmt einen guten Hammer fertigen, Akon."

So wie das Wasser, so läuft die Zeit.
Von einem Stein zum anderen. Nimmt mit,
was es an ihrem Weg findet, lässt dort,
was es verliert in ihrem Lauf, und bleibt doch, was es ist,
in ihrem Inneren.

Feuer, Eisen, Stahl ... Was sucht der Mensch ...
Leben, Licht, Gefühl ... was ist es ...
Zeit ... ist wie das Korn der Felder,
das kommt und vergeht ...
Schaut nicht, was war, wir sind es, die gekommen sind ...

Fritz Lemberger

FÜR AUTOREN A HEART FOR AUTHORS À L'ECOUTE DES AUTEURS MIA KAPΔIA ΓIA ΣYΓ
FORFATTARE UN CORAZON POR LOS AUTORES YAZARLARIMIZA GÖNÜL VERELIM S
KAUTORI ET HJERTE FOR FORFATTERE EEN HART VOOR SCHRIJVERS TEMOS OS AU
SERCE DLA AUTORÓW EIN HERZ FÜR AUTOREN A HEART FOR AUTHORS À L'ECO
БСЕЙ ДУШОЙ К АВТОРАМ ETT HJÄRTA FÖR FORFATTARE À LA ESCUCHA DE LOS AUT
TIA ΣYΓΓPAΦEIΣ UN CUORE PER AUTORI ET HJERTE FOR FORFATTERE EE
ERZOINKERT SERCE DLA AUTORÓW EIN HERZ F
ORAÇÃO БСЕЙ ДУШОЙ К АВТОРАМ ETT HJÄRTA F

Der Autor

 F. Lemberger wurde am 30. August 1972 in Zwiesel im bayrischen Wald geboren. Nach dem Realschulab-schluss absolvierte er die Mittlere Reife. Er erlernte den Beruf des Groß- und Einzelhandelskaufmannes. Es folgten Tätigkeiten als Zweirad-mechaniker und kaufmännisch-tech-nischer Hauswart. Nebenbei ist er als Nationalpark-Waldführer tätig und absolvierte eine Ausbildung zum Hüttenwart.

Zu seinen Lieblingsaktivitäten zählen Musik – der Autor war viele Jahre Hobbymusiker in verschiede-nen Bands –, Naturführungen und Kochen.

Nachdem er seine Leidenschaft für das Schreiben entdeckt hatte, liebt er das Verfassen von Ge-schichten.

Bisher veröffentlichte er das Buch „Bayrische Waid-lerische Geschichten", das Erzählungen aus dem urtümlichen Bayrischen Wald enthält.

Mit dieser Veröffentlichung tritt er in die „Anders-welt" ein.